SHORT CLASSICS
短经典精选

嘘と正典
———— 小川哲 ————

魔术师

〔日〕小川哲 著　丁丁虫 吴曦 译

人民文学出版社
PEOPLE'S LITERATURE PUBLISHING HOUSE

著作权合同登记号　图字 01-2023-3761

MAJUTSUSHI AND OTHER STORIES
Copyright © 2019 by Satoshi Ogawa
This book is published by arrangement with Hayakawa Publishing Corporation
All rights reserved.

图书在版编目(CIP)数据

魔术师 /（日）小川哲著；丁丁虫，吴曦译.
北京：人民文学出版社，2024. --（短经典精选）.
ISBN 978-7-02-018857-4
Ⅰ. I313. 45
中国国家版本馆 CIP 数据核字第 2024FK1007 号

责任编辑	朱卫净　邱莉莉
封面设计	好谢翔

出版发行	人民文学出版社
社　　址	北京市朝内大街 166 号
邮政编码	100705
印　　制	凸版艺彩(东莞)印刷有限公司
经　　销	全国新华书店等
字　　数	88 千字
开　　本	889 毫米×1194 毫米　1/32
印　　张	5.5
版　　次	2024 年 8 月北京第 1 版
印　　次	2024 年 8 月第 1 次印刷
书　　号	978-7-02-018857-4
定　　价	59.00 元

如有印装质量问题，请与本社图书销售中心调换。电话：010 - 65233595

目录

魔术师 ——————— 1

一道光 ——————— 38

时光之门 ——————— 78

天籁之音 ——————— 105

最后的不良 ——————— 148

魔术师

"我在洛杉矶的小酒吧里，第一次见到老师马克斯·沃尔顿的时候，他说过这样的话——'魔术里有三条绝对的禁忌，你知道吗？'"

拍摄观众席的摄像机转向舞台。灯光稍亮，昏暗中亮起朦胧的白光。身穿无尾礼服、头戴大礼帽的竹村理道站在舞台中央。相比于年龄，他的外表显得较老，但依然很有男性魅力。理道知道自己充分吸引了众人的注意力，脸上带着迷人的微笑，扫视观众席。就是这个眼神，心脏总会在这个眼神下剧烈跳动。他的眼神像在发射某种无线电波，麻痹人们的大脑。这是他最大的武器。依靠这种武器，他站到了日本魔术界的顶峰。不仅如此，他还蛊惑了好几名女性，借走了数亿的钱财，最终毁掉了自己的人生。

"我坦率地回答'不知道'。因为，当时的我认为，不存在'绝对禁忌'。如果规定出什么'绝对禁忌'，不是限制了魔术的可能性吗？我认为，在舞台上，一切情况都可以发生。"

完美无缺的时机。理道打起响指的刹那，整个舞台陡然亮起，显出他身后的巨大黑色装置。装置中央有一个圆柱形的玻璃筒，上下两端延伸出来的复杂线路，连接到旁边的机器上。机器上方悬吊着巨大的显示屏。

一九九六年六月五日十九时十二分。

显示器下方，不明所以的红色字体显示着当前的时间。

十二分变成了十三分。

"马克斯·沃尔顿说，第一条禁忌是'表演魔术前，不可预告'。这是什么意思呢？各位看，我现在要变几只鸽子出来。"

理道取下头上戴的帽子，从里面飞出五只白色的鸽子。那不是魔术，而是像挖土豆一样。理道将变出的鸽子随手抛向舞台的昏暗处。观众们不知该做什么反应，都保持着安静。某个人的咳嗽声静静地回荡着。

"明白了吗？我已经预告了自己要变鸽子，所以真的变出鸽子，并不令人惊讶。"

从舞台一侧走上来衣着华丽的女助手，身上覆盖着巨大的羽毛。她动作轻柔地回收理道放出的鸽子，收进羽毛中间。当最后一只鸽子消失不见后，理道微微颔首，面带微笑，扫视观众席。

空气中飘浮着一种似乎将要发生什么的气息。

理道从背后取出宝石装点的手杖，右手拿着手杖，指向助手。

刹那之间，助手消失了。

观众席上响起惊讶的吸气声。

"像这样什么都不说，突然引发某种现象，才会令人惊讶。马克斯·沃尔顿说得没错。"

刹那间掌声大作。

二十二年前的我，大约也在最前排一起拍手。那时我才十岁。我还记得，比我大许多的姐姐坐在旁边，贴在我耳边低语说："马克斯·沃尔顿……犯不着这么用力拍手吧。"

现在的我，正在自家客厅里观看理道的最终公演录像。只要一帧帧去看他是怎么把女助手弄消失的，自然一目了然。我已经三十二岁了，深知"吉祥蛾"[①]的奥秘，也很清楚理道把助手弄消失的手段。这个魔术的机制颇为复杂。助手在回收鸽子的时候，依靠大头针和塑料管支撑自己的衣服。所有的鸽子都回收完毕之后，理道会取出奢华的手杖。这时候，助手其实已经和鸽子一起悄悄消失在了舞台下面，只有衣服留在理道面前。因为衣饰非常华丽，所以从观众席

[①] 著名英国魔术师大卫·德万特（David Devant，1868—1941）于1905年创作的魔术。

上很难分辨。理道用手杖向空空如也的衣服施加魔法的同时，工作人员透过小小的缝隙，迅速将衣服扯到舞台下面，看起来就像助手消失了。

"消失的美女"完成。

"魔术中不能做的第二条禁忌，是'重复同一个魔术'。而第三条禁忌，则是'挑明魔术的诀窍'。"

理道从胸口掏出绢帕，斜斜抛起。手帕向远方飞去，在快到房顶的地方飞进侧幕，随即又像鸟儿一样在会场中飞舞盘旋了一圈，最后回到理道的手中。刹那的安静之后，观众席上响起惊叹和鼓掌的声音。

这不是因为手帕变成了鸟，而是因为，不知什么时候，理道穿的衣服变成了绿色的工作服。

掌声平息之后，理道再度取出另一条手帕，和刚才一样抛向空中。但这一次没人再去看手帕的去向了。躲在理道身后的助手闪身出来，用力拉扯他的背心，转眼之间，在工作服下面又出现了和刚才一样的无尾礼服。助手退回幕后，手帕回到理道手中。观众席上传来沉重的叹息声。

"现在各位知道马克斯·沃尔顿说对了吧？"

观众们笑了起来。

"'不可重复'与'不可挑明'，这两点很相似。所谓魔术，一旦了解了背后的机制，就会变得非常无聊。重复同样的魔术，很容易被人看穿诀窍。至于说自己主动挑明诀窍，更是愚不可及——以上就是'马克斯·沃尔顿三大禁忌'。这不是马克斯·沃尔顿想出来的，而是伟大的魔术师霍华·萨斯顿提出的，通常被称为'萨斯顿三原则'。第一次听到这个三原则的时候，刚刚接触魔术的我，认为这样的东西只是无用的镣铐，限制了我的魔术理想。刚才我也说过，那时候的我，相信魔术是无所不能的，可以让任何东西消失，也可以让任何东西出现，可以为各位实现任何愿望，也可以治愈任何损伤。打破'绝对禁忌'也是魔术。然而，多年以后，我终于成了专业的魔术师，也才终于理解了'萨斯顿三原则'的正确性。那是确定无误的真理，是必须遵守的约束。它的正确性，正如刚才向各位所展示的。'不预告''不重复''不挑明'，这三点，不仅仅是我，也是所有魔术师应当遵守的原则。违背了它们，魔术就会失败。"

演出是魔术的全部——与理道一样成为专业魔术师的姐姐，看完我在文化祭上的魔术，说了这句话。

我当时是高中生，决定在文化祭的奇术舞台上表演电磁线圈的魔术。我向观众宣布说："我会马上浮起来。"然后，我依靠隐藏在舞台下面的电磁铁的力量，略微浮起来了一点。观众的反应相当不错，但在我身后看完表演的姐姐，表情却很严肃。

一回到家，姐姐便开始讲传说中的魔术师罗伯特·胡迪的故事。他也同样使用了"电磁铁"这个诀窍，却靠精彩的演出将其变成一个杰作。胡迪和阿尔及利亚的巫师约定以魔术决胜负。胡迪用的是电磁铁，但他是逆用电磁铁的磁力。胡迪轻松举起了一个铁皮小箱子，随后叫了一个身强力壮的男性原住民上台。胡迪朝他挥舞手杖，念出自己的咒语："夺你力量。"男子试图把箱子举起来，但由于电磁铁的磁力，怎么也举不起来。非但如此，他还差点摔倒在地上。台下的原住民看到这一幕，哄堂大笑。于是，这就成为魔术师战胜巫师的决定性时刻。

演出是魔术的全部。

如今的我深知这一点。当然，技术和诀窍也非常重要，不过唯有演出才能将其融会贯通。如果演出足够精彩，就算是市面上销售的大陆货的魔术道具，也能让观众大为震惊；如果演出拙劣，那不管有多么高超的技术，演出也不可能成功。我说"我会马上浮起来"，然后便浮了起来。时至今日，我终于明白，专业的姐姐到底是如何看待我这个演出的。为了让自己浮起来，我必须先创造出必要的故事。

"不过,最近这段时间,我的想法又变了。"

理道的表情很严肃。

"在舞台上表演了这么多年,年轻时自己的想法又从心底涌现出来。魔术还是应该无所不能,舞台上还是应该可以实现任何奇迹。我在想,会不会那个很久很久以前一无所知的我才是正确的,而现在这个一知半解的我才是错误的?所以,女士们,先生们,今晚,我将挑战萨斯顿的禁忌……"

理道仔细解释过"萨斯顿三原则"的意义和价值之后,又向观众如此宣布:

"也就是说,我将预告、重复、挑明。为什么要这么做呢?因为这些行为是我这个魔术成立的必要步骤。而且在这个基础上,我还要宣布,将给各位带来超越历史上所有实演魔术的震惊体验。我将挑战魔术。我将挑战那个刚到美国、一无所有时的我。"

舞台转入昏暗,显示器上阴森森地浮现出十九点四十分的红色文字。

精彩的演出。

首先让观众理解魔术的原理,随后宣布自己要挑战那些原理。理道接下来不是要表演魔术,而是要表演超越魔术的某种东西。

这个演出的核心，实际上在于"萨斯顿三原则"并非魔术的禁忌，它什么都不是。有的魔术会预告接下来要发生的现象："我将让香烟穿过硬币"；也有的魔术会不断重复，仅仅把诀窍稍作改变。

舞台还是一片昏暗。

这是工作人员拍摄的公演录像。我也不知道自己到底看过多少回了。

最重要的"超越历史上一切实演魔术"的魔术，到目前为止，只是出现了理道背后的"巨大装置"。但是，在这个时间点上，包括我在内的观众，已经被理道的"演出"魔法俘获了。他让我们把不存在的"禁忌"视为存在，又以魔术师的身份宣称自己要挑战它，让我们情不自禁地期待他接下来的行动。

当然，我很清楚接下来上演怎样的魔术。我曾在剧场里亲眼看到过，也在录像中反反复复看过许多回。

但坦率地说，我最为感动的，正是这个开场本身。理道撒下种子，向观众施加魔法，为接下来将要发生的奇迹做好了完美无缺的周全准备。

以最佳状态展现一个空前绝后的魔术——仅仅为了这个目标。

*

维基百科上说，竹村理道的父亲——也就是我的祖父——在美国占领军的舞台上表演胡迪尼的特技"中国水牢"时死于事故，但这是错的。这一说法的出处是理道自己的回忆录。然而那是一部评价很低的回忆录。它和理道的舞台表演一样，充斥着虚伪、夸张和误导，所以必须时时刻刻注意分辨真伪。实际上，理道的父亲是因为醉酒驾车、撞上对面方向的卡车而死的。他母亲在五年后自杀，年仅三十一岁。八岁的理道和六岁的弟弟被住在札幌的叔父一家收留。

无论如何，父亲给占领军表演魔术的事实改变了理道的人生，这一点毕竟是没错的。理道高中辍学，年仅十七岁便单身一人去了洛杉矶。

"我用 Bamboo Rideau 这个名字，在小酒馆和路边变魔术，赚每天的生活费。睡觉的地方很好找。不是有个魔术能从柠檬里面变出扑克牌吗？在牌上写好一行字，'今天晚上没地方睡觉'。这样子观众就会哄堂大笑。总有人会提供一个睡觉的地方。每天都是这样过的。"

回忆录里的这段内容洋溢着编造和夸张的气息。理道的弟弟证实说，叔父给他投宿的地方寄了很多钱。不过，十八岁的时候，他在小小的舞台上结识了马克斯·沃尔顿。这段记载应该是事实吧。翌年，沃尔顿一团的全国巡演名单中出现了理道的名字。

理道只在沃尔顿一团待了两年，似乎是在演出费方面发生了争执，不过真相不明。总之，理道二十岁时回到了日本，开始在商场里从事魔术用品的实演销售。母亲是商场的销售员，理道和她大约正是在那个时候认识的。两个人在两年后结婚，翌年生了姐姐。

理道继续做着实演销售，同时也在小剧场、小酒吧的舞台上登场。他的个子很高，相貌端正，独特的低沉声线在剧场里非常悦耳。他有不错的技术，变四球的魔术也有相当的好评。不过作为魔术师，他的知名度还是很低。理道的人生在一九七三年二十七岁时发生了重大的转折。契机是他在当年三越剧场举办的奇术大会上获得了胜利。

来采访奇术大会的电视台导演邀请理道出演电视节目。理道接受邀请，在电视上表演了"八球术"（双手同时展开四球术的高难度魔术），成为话题性节目。他双眼直视摄像机镜头，慢慢变出第一个球。然后，在那个球像要消失的时候，突然变成两个。两个变成四个，四个又变成八个。

随后理道继续在电视上表演，一跃成为魔术界的明星。在电视特辑中，理道把东京塔变消失；在五花大绑的状态下，从袋田的瀑布中落下逃生。当时魔术热潮的中心人物，无疑就是理道。

炙手可热的理道，决心实现自己长久以来的梦想，那就是组建"理道魔术团"。从当沃尔顿的弟子开始，理道似乎就在憧憬组建一个自己的魔术团。

然而，魔术团的运营需要花费无数金钱。之前的理道，在舞台上表演的基本都是技巧性魔术，不需要任何道具，所以魔术团的运营需要投入多少资金，他大概一无所知。舞台上设置的大型道具、宣传费用、海报的印刷费、团员的薪水等，转眼就耗光了他在电视上赚的钱。理道用札幌叔父的房子做抵押借钱，那些钱很快也耗尽了。叔父一家从此只能靠租房度日。

在那之后，理道的生活日渐偏离正轨。他在东京公演的门票剩了不少，然而有个女人一口气全买了下来。两个人开始交往。他同时还和若干赞助者交往。他的交友关系，也是从那个时候开始变得复杂的。他虽然没有赚钱的才能，但有天才的演出能力和演技。为了借钱，理道开始表演"自己很能赚钱"。对理道来说，借钱也是表演。他买了好几辆豪车，戴上巨大的钻石手表。为了偿还这些钱,他又去借新的钱,遇到困难的时候就去找女性赞助者帮忙。

这段时间,理道出版了回忆录,翌年还拍摄了电影,自己亲自担任导演和主演。那部影片完全是垃圾,给他的债务又添了一笔。

电影上映一年后的一九八五年——理道三十九岁的时候——理道魔术团因为无法支付工资而解散。他和我的母亲离婚。我在他们离婚后出生。

同一年,理道死了。

*

"我犯过许多错,其中有一些各位大约也知道……"

理道站在巨型装置中央的玻璃圆筒入口处。观众们紧张了起来。

"这些日子我一直在想,能不能把自己的人生重来一次?所以我决定制造时间机器。没错,各位看到的这台巨型装置,就是时间机器!走进去,设定好时间,我就可以跳到自己喜欢的过去时刻。"

窃窃私语声在观众席上蔓延开来。理道毫不在意地继续说道：

"刚才我说自己会触犯魔术的禁忌。首先，我会预告接下来将发生什么。接下来，我将向各位展示证据，证明我确实用时间机器跳到了过去，而不是在胡说八道。然后，我将多次重复过去之旅。这些奇迹的诀窍，全在这台时间机器。"

*

在我出生前父母就离婚了，所以我对父亲理道的事情不是很了解。

离婚后，母亲又回到了当年和理道相识的商场，继续做售货员。比我大十六岁的姐姐，高中毕业后开始魔术用品的实演销售，休息天则去魔术吧或者小剧场演出，以维持生计。和年轻时的理道一样——每次被人这么说的时候，姐姐都很不高兴。

理道离婚之后就消失了。

关于理道的下落，电视上曾经热烈地讨论过。有人说他躲在某个女性赞助者那里，也有人说他惹到了黑社会被杀掉了。有人说他逃去了国外，还有人说他换了个名字，继续变魔术。催债的流氓差不多每天都会登门骚扰，我们好像搬了好几次家。不过那时候我年纪太小，都不记得了。姐姐怨恨理道，似乎就是因为搬家和催债的缘故。我听说，在离婚之前，姐姐原本是很喜欢理道的。

时光荏苒，新一代年轻的魔术师开始在电视上取代理道。有的魔术师甚至在电视上公开宣称"竹村理道厉害的只有一张脸"。一个时代终结了。

又过了一段时间，再也没有人提起理道。理道成了过去的人，在电视上昙花一现，自费拍摄的电影以失败告终，欠了一大笔钱而消失。和他在魔术团里喜欢的消失魔术不同，这次是从人们的记忆中消失了。

姐姐隐瞒了自己是理道女儿的身份，依靠技艺一点点拓展业务，开始承接企业宴会、商场演出等活动。二十二岁时，姐姐辞去了实演销售的工作，决心做一名专业的魔术师。成为魔术师之后的姐姐，收入稳定，在母亲的住所附近开始一个人生活。就在这时，母亲与商场的上司吉原孝太郎再婚了。

那时候我才九岁。对我而言，父亲不是理道，而是吉原孝太郎。

下落不明的理道寄了书信来，也在那个时候。我大致记得那一天发生的事情。

从小学回到家，我看见母亲呆呆地站在玄关，手上拿着一封信。我从母亲身边穿过，把书包放在客厅里。母亲一动不动。我喊了一声，母亲才终于回过神来。到了傍晚，姐姐来了，母亲把书信给她。她读了一遍，撕碎了书信，直接扔到垃圾桶里。

"'让你们受苦了，我悔改了，钱都还了，我想重来一次。'大概写了这些内容吧。"

几年后，我问起那一天书信的内容，姐姐这样回答。

"啊，说起来，里面还有演出的门票。信上说'如果愿意的话，请一定要来看'。鬼才会去看！"

"为什么要撕掉？"

"不记得了。不过大概是因为不方便让孝太郎看到吧。啊，也可能是因为生气。"

总而言之，竹村理道复活了。

在小剧场里的首次公演，他的老观众尽数到场，评价很好。据说是全新的表演，用上了时间机器。下一次的公演一共五场，换成了大剧场。不过发售第一天，门票就被抢购一空。

姐姐和我看了最后一场公演。

"作为魔术师，我是很想看的，因为同行的评价非常高。"

成年之后，我问姐姐为什么去看理道的演出，她这样回答我。

"当然，不是他给的票。是从认识的魔术师那里搞来的，那人多了两张，让给我了。母亲说不想去，所以我只好带你去了。"

那是二十二年前的事了。我不知道真相如何。不过我怀疑票是姐姐自己买的。

总之，我记得理道在公演前对姐姐变的魔术。

我们来到剧场。在入口附近，有个年轻女性对我们说："请稍等。"

"怎么了？"姐姐惊讶地问道。

女性微微鞠躬说："我叫若林，是公演的员工。理道先生说，您两位应该会来观看今天的公演。我们准备了最前排的座位。请随我来。"

"不用。"姐姐拒绝道。看起来，被理道看穿自己会来观看最终公演，她好像有点不高兴。

名叫若林的女性脸带不屑地瞥了姐姐一眼。"其实，理道先生有话对您说，'你不想看穿我的手段，好好羞辱我吗？'"

"嗯？"姐姐完全落入了理道的魔术中，斩钉截铁地说：

"我肯定能看穿。"

她决定和我坐到最前排去。

*

理道使用"时间机器"变的第一个魔术，是从邀请观众席上的一个男子上台开始的。

理道向男子说："请给我一件您的私人物品。您有没有手帕之类的东西？"

男子摇摇头，在口袋里摸了摸，只拿出一个钱包。

"钱包有点危险啊，"理道一脸难办地说，"这样吧，您现在穿的这个圆点衬衫怎么样？"

男子被理道的突然提议弄得有点不解，不过还是脱下衬衫，交给了理道。理道接过来，请男子回到座位上去。

"我现在收到了一件衬衫。我将拿着这件衬衫，返回过去。"

理道将衬衫展开，后面的大显示器上映出手拿衬衫的他。理道将衬衫放进粉红色的袋子里，走进被他称为"时间机器"的玻璃圆筒。

舞台上的灯光立刻黯淡了下去。

唯有巨型装置中央玻璃筒里的理道是明亮的。显示器上映出他的身影。他转动圆筒中的手柄，显示器下方显示当前时刻的时钟开始往回旋转。

二十点七分、六分、五分、四分……

十九点三十分、十八点、十七点、十五点……

十二点。

时间被设定为这一天的正午。理道随后按下手柄旁边的开关。与此同时，巨型装置上伸出的电线开始闪烁起橙色光芒，嘀、嘀、嘀、嘀、嘀，时钟上传来指针跳动的声音。玻璃圆筒内发生了爆炸，理道的身影随着白烟而消失。一切灯光都没有了。

突然，观众席上传来惊叫声。

从理道消失，到传来惊叫声，一共十七秒。

在剧场里看的时候，感觉只有几秒钟，但在录像上准确测量的结果是十七秒。不过那是从灯光消失到传来惊叫的时间。从理道的身影消失时算起，一共是五十三秒。

射灯照到了发出惊叫声的角落里。

有个男子站了起来。他戴着深色的棒球帽，身上穿着牛仔服。男子径直走上舞台，将帽子扔向观众席。

是理道。

观众们交头接耳。大家不明白理道究竟做了什么。助手递过来话筒，理道举起右手拿的手持摄像机。

"我到过去拍摄了录像，证明我实现了时间旅行。"

理道从摄像机里取出录像带，插到显示器下面。

录像从理道对着自己拍摄的镜头开始，和消失在"时间机器"中时一样，他戴着同样的大礼帽，穿着同样的无尾礼服。

"现在是一九九六年六月五日十二点，也就是今天的正午。我乘坐时间机器，回到了中午。"

理道拍摄了剧场的入口。剧场前的时钟指向十二点。外面阳光高照，看起来拍摄录像的时间确实是正午。

理道拍摄自己的右手，显示他手里拿着粉红色的袋子。里面是装着男子给他的圆点衬衫吗？可是，那衬衫是刚才在舞台上给他的，正午时分应该不可能在他手里。

理道继续走进剧场，从舞台的后面上到阁楼，和正在为公演做准备的员工打过招呼，转动手柄，把吊在天花板上的箱子放下来，然后把袋子里的东西放进箱子。录像在这里停了。

观众席上再度响起惊呼声。

录像里的箱子，此刻正吊在剧场内同一个地方。射灯照向天花板。今天公演期间，箱子一直都吊在那里。

惊叫声还没结束，录像又开始播放。

这一次过了相当长的时间。

公演已经开始了。刚好是理道站在舞台上，淡淡放出鸽子的时候。摄像机对着舞台拍了一会儿，突然转到了拍摄人自己。

惊叫声更大了。

显示器上映出戴着棒球帽的理道。

也就是说，在这场公演中，剧场里一直存在两个理道：一个是乘坐时间机器前的理道，另一个是乘坐时间机器返回正午之后的理道。观众席上的理道，戴着棒球帽，在拍摄舞台。

惊叫声尚未结束，舞台上的理道又说："各位请看天花板上的箱子。"

观众一齐抬头望向上方。

箱子开了，圆点衬衫从里面飘落了下来。

"如何？这样，各位相信这台时间机器是真的了吗？"

*

"衬衫的把戏很简单，"公演结束后，姐姐对我说，"从'时间机器'躲到后台，把衬衫交给助手，让他们放到天花板的箱子里。"

"可是，理道在正午的时间点也拿到了衬衫呀。"

"那个时间点上他没有拿到衬衫。这是个简单的心理陷阱。袋子里什么都没有。他只是从舞台上接过男子的衬衫，消失之后再把衬衫交给助手。"

"可是，观众席上的理道拍摄了舞台上的理道，这怎么解释？整个公演期间，理道一直都坐在那个位置上。"

"那个表演相当有创意，不过并不难。录像里面，舞台上的理道是假的。简单来说，就是预先找了临时演员，拍了这段录像。反正观众席很暗，基本上也不会被拍到。"

"理道从观众席登场呢？"

"魔术中，凡是发出巨响的时候，一定有什么意义。'时间机器'中发生爆炸之后，理道肯定从圆筒里面跳到了舞台下面。爆炸声就是为了掩盖圆筒下面开关的声音。然后理道再去后台换上衣服，从后门出去，坐到观众席上。戴棒球帽的理道坐的位置，和员工通道的门很近，对吧？那片区域大概都是假观众。理道从员工通道悄悄坐到位置上，装作从一开始就在的样子。虽然不能断言，但是假观众发出惊叫的声音好像有点时间差。射灯照到之前就叫了起来。"

姐姐是对的。

在录像中可以看到，惊叫声比射灯早了一点。

从爆炸声响起，到理道出现在观众席，只有五十三秒。在这期间，他需要从"时间机器"里消失，把圆点衬衫交给助手，换上衣服戴上棒球帽，接过摄像机，赶往观众席。时间要求太高了。

戴着棒球帽坐在观众席上的理道拍摄的舞台上的理道，仔细看的话，也能发现那是预先拍的。录像中的舞台和实际的舞台，有一个决定性的差异。

咳嗽声。

在实际的公演中，理道放出鸽子、观众鸦雀无声的时候，有人咳嗽了一声。但是，在理道准备的假公演录像里，没有咳嗽声。

理道预见到自己放出鸽子的时候，观众会鸦雀无声。正因为如此，他才选了这个场景。不管观众席上坐了多少人，肯定都是一片寂静。但是，他无法预见到咳嗽声。那是无可动摇的证据。第一个魔术中，理道没有做时间旅行。

"问题在于下一个魔术。"

姐姐沉思着说。

"如果按我设想的机制……准确地说，如果认定时间机器是假的，那么唯一合理的解释是……"

"是什么?"

"竹村理道是天才,魔术史上最伟大的天才。想到那样的诀窍并付诸行动,只有天才加疯子才能做到。如果他不是天才……"

"如果不是?"

姐姐接下来说的话,我至死也不会忘记。

"如果不是,那时间机器就是真的。"

*

理道按照自己说的,预告了魔术的内容,然后又重复了同一个魔术。

"今天是最终公演,所以我想尽情放飞自己。这一次很特别,和昨天之前的公演都不同,我将做一次最长时间的时间旅行。来看今天这场公演的各位女士先生,你们很幸运。出于某种原因,这个魔术一生中做不了几次。"

理道这样解释之后,再度走进"时间机器"的圆筒里,和上一次一样握住手柄转动起来。

一九九九年六月五日,二十点四十九分。

时钟上显示理道进入圆筒的时间。他把指针转了回去。

二十点四十八分、四十七分……

十九点、十六点、十二点、八点、零点……

六月四日、六月三日、五月三十日、三月三日……

观众席上传来惊叫声。显示器上显示的时间，在加速回转。

一九九五年、一九九四年、一九九三年、一九八五年……

时间越过了我出生的年份，还在继续回转。

一九七七年。

在这里，指针终于停止了。

在接近惨叫的惊呼声中，理道按下按钮。演出和刚才一样，但这一次，第二个理道迟迟没有登场。

几分钟的时间里，黑暗包裹着剧场。渐渐地，连观众的声音都听不到了。

半响的寂静之后，一个身穿无尾礼服的白发男子从旁边走上舞台。

男子站在舞台中央，举起右手的摄像机。观众们意识到这个动作的含义，纷纷惊叫起来。

"这一次的魔术时间很长。"

老年理道开口说话。

"因为花了十九年。这个时间机器有个缺点,它能跳回过去,但是没办法飞往未来。我只能等待十九年。"

理道从摄像机里取出录像带,插进显示器下面。

"我坐时间机器返回到十九年前的证据就在这里。各位请看。"

显示器切换到录像上,映出东京站的景色,但上面新干线的形状和如今的明显不同,行人的服装和发型看起来也像过去的样式。月台对面走过来的老年男人对着摄像机说:"这东西挺稀罕的,是摄像机吗?"

"对,"理道的声音说,"今天是哪一年的几月几日?"

"哎?现在九月六日,星期二,中午十一点。"

"哪一年?"

"一九七七年。你问得真奇怪,"男人笑了起来,"你是哪里人?"

"其实我是从未来来的。"

"哎呀,刚才的新干线是光明号,不是未来号。"

摄像机凑近男人拿的报纸。日期是一九七七年九月六日,头条新闻是国民荣誉奖颁给本垒打记录保持者王贞治。理道——或者至少说是这个录像的拍摄者——似乎的确在十九年前。

突然，摄像机镜头垂了下去。

发现什么了吗？拍摄者小跑起来。镜头里拍到的地面在剧烈地摇晃。

"请问……"拍摄者开口询问，摄像机依旧垂向地面，"是竹村理道先生吗？"

"我是……"

一个听起来耳熟的声音回答。

"我是未来的你。"

又是两个理道。

但这一次的第二个理道，是十九年前的理道。

*

公演之后，姐姐开始埋头研究理道的"时间机器"。员工按照理道的指示全程拍摄了公演，这对姐姐来说是幸运的。不，并不是幸运。这也是理道魔术的一部分吧。

每当有所发现的时候，姐姐都会告诉我。所以，我觉得自己对"时间机器"也相当了解。开场的演出是最关键的。一开始的"时间旅行"是精心策划的赝品。下一个十九年的"时间旅行"，要么理道是天才，要么"时间机器"是真的，二者必居其一。

"要说时间机器是真的，我还是无法相信。"

一开始姐姐这样认为。

"所以我应该也能在十九年后重演理道的'时间机器'。"

那个时候，我还不是很明白姐姐说的重演"时间机器"是什么意思。作为魔术师的她，想法和作为姐姐的她并不相同。"时间旅行"不是单纯的旅行，而且也不是单纯的魔术。

*

"八岁的时候，我把弟弟一个人放在附近的东台公园，一个人回家了，结果被母亲狠狠骂了一顿。我赶紧回公园去找，可是弟弟已经不见了。母亲也很担心，一起出门，两个人在公园里找了半天。这件事我好像从没对别人说过。"

他似乎来到了某个安静的地方。没有图像，只有声音。那是理道特有的低沉嗓音。从对话内容上判断，应该是通过时间旅行到了过去的理道。

"所以弟弟去哪里了？"

过去的理道问。

"不记得了。我只记得第二天母亲自杀了。"

"是啊,"另一个理道附和说,"我也不记得了。第二天母亲死的时候,我非常后悔,觉得是因为我把弟弟忘在了公园,才让母亲死了。啊,弟弟当时去哪儿了呢?事到如今,就算知道也没意义了。"

"我曾经想打电话问问弟弟,但是没办法打,弟弟一直讨厌我。"

"是啊,没错,想打电话又没敢打。你怎么知道的?"

"因为我是未来的你。"

另一个说话的理道刚刚三十一岁,在奇术大会上获胜,在电视上大受欢迎,正准备组建魔术团。那时姐姐八岁,我还没有出生。

"好吧,你赢了。我完全想象不出这个魔术的诀窍在哪里。"

"没有诀窍,我只是发明了时间机器。"

"随便吧。总之我姑且承认你是未来的我。你可以拍录像了。需要录像吧?"

图像重新出现。十九年前还很年轻的理道正望着镜头。

"是的,需要录像。"

拍摄者转动摄像机,拍出自己的脸。没错,是五十岁的理道。理道和过去的理道在说话。看起来只能这么解释。

"那么，你说说接下来的十九年世界会怎么变化吧。"

三十一岁的理道问。

"切尔诺贝利发生了核泄漏。好多飞机坠毁。昭和天皇驾崩，平成年代开始了。"

"怎么写？"

"和平的平，成金的成。"

"哦，苏联怎么样了？"

"解体了，冷战结束了。"

"哦哦，"过去的理道点头说，"对了，十九年后的我在做什么？"

"是个魔术师，不是演员。"

"你如果是我，应该明白，我上电视，是为了组建魔术团，而不是为了做演员。"

"话是不错，不过你——也就是我，明明听到制片人说起电影主演的事情，还是很心动。"

"电影？真的？"

"真的。但电影失败了。顺带说一句，魔术团也失败了。妻离子散，团队也解散了，只剩下一屁股外债。这就是我的，或者说你的人生。"

"骗人的吧？"

"很遗憾，都是事实。"

摄像机前的理道抱起胳膊，像在思考什么。过了半晌，他嘟囔了一句"有点奇怪"，然后说："和你聊过以后，我知道电影和魔术团都失败了。而且从刚才的情况来看，你的预言有一定的可信度。但是，如果时间机器是真的，那么在你的十九年前，不是应该也遇到了未来的我吗？你知道会失败，还去拍电影？还借了还不起的债？什么都知道，还搞得妻离子散？"

"不是这样，"拍摄的理道回答说，"没有人来找我。准确地说，我大概和你处在不同的平行世界。在我的世界里，没有'我'来救我。你很幸运，我来救你了。没必要去拍注定失败的电影，也不用担心妻离子散。"

*

姐姐是这样解释的——十九年前，理道已经开始准备这个魔术了。拍摄东京站，拍摄报纸上的日期，拍摄三十一岁的自己，并且录了音。为了显得是和十九年后的理道在对话，讲话中间适当拉开间隔，之后再把自己的声音加进去。转过摄像机之后，把自己五十岁时的相貌也逐帧合成进去，制作成两个理道对话的录像。这个技术本身已经很成熟。理道上过电视，当然应该很了解。

令人吃惊的在于"电影和魔术团都失败了"这句话。理道在十九年前就已经知道一切都不顺利了，或者说，预测到一切都不会顺利。否则没办法解释为什么十九年前能够拍下这样的采访。

理道仅仅为了一次魔术，故意搞砸了自己的人生。不，是通过搞砸自己的人生，来完成仅仅一次的魔术。普通人能做到这一点吗？

"十九年前的理道录像有没有可能也是合成的？"

"有这种可能性，但是连口型都一致，技术上做不到。"

"是吗……"

"也就是说，这个魔术的诀窍主要有两点，十九年前开始计划'时间机器'，然后花费十九年的时间，让自己的人生一败涂地。想要成功的结果很难，想要失败的结果却能成功。或者，他使用了某种尚未公开的视频编辑技术，制作了十九年前的录像。虽然这种可能性没什么意思。"

"还有一种可能，他制造了真正的时间机器。"

我加了一句，但是姐姐摇了摇头。"不对，那不是时间机器。如果是真的时间机器，就有一个很大的矛盾。"

"矛盾？"

"理道的'时间机器'是单程票，正因为如此，一旦跳到过去，再来到舞台上时，他就变成十九年后的老人了。但是，理道说'时间机器'跳到了平行世界。既然如此，他跳到了平行世界后，又是怎么回到这个世界的呢？录像里的年轻理道，在这个世界里又在做什么？"

"什么意思？什么平行世界、这个世界？太难了，我没听懂。"

"没听懂也没关系。总之有矛盾。"

我还是不理解姐姐说的"矛盾"是什么，想一想都觉得头脑混乱。有几次觉得自己好像明白了，但第二天又什么都不明白了。过了二十多年，我还是不明白。

那场公演过了很久之后，姐姐一直在表演魔术，而我去了邮局上班。休息日，我会在五岁的女儿面前表演几个高中时代在课外活动上学的简单魔术，但和真正的魔术还是有差距。把几个环串起来、用香烟穿过硬币、挑出选中的纸牌，只是这种程度的小把戏。

我停下转录到 DVD 上的公演录像，开始收拾东西，准备出门去剧场。

从半年前开始，准确地说，是从二十二年前开始，我就怀着期待以及无比的恐惧,等待这一天。

今天,姐姐终于要重演理道的"时间机器"了。

*

不是惊叫,而是惨叫。有的观众甚至哭了起来。舞台上的理道老了十九岁,已经变成了垂暮老人。

"各位女士先生,请不要悲伤。我发明的时间机器是单程票,所以我只能等待十九年。十九年啊,那可是很漫长的时间。不过,我拯救了那个世界的竹村理道。他一定不会犯下我这样的过错。他会珍爱家人,做一个出色的魔术师,拥有幸福的人生。"

接下来的三十分钟成了传说。

在观众们混合着呜咽的惊叫声中,衰老的理道开始了第三次时间旅行。

显示器上显示的目的时间是四十二年前,理道的母亲自杀前一天。

无法忍受的观众们纷纷大叫"住手"。已经垂暮的理道如果再回到四十二年前,显然不可能再回来了。

理道带着迷人的微笑,扫视观众说:"我去找回弟弟,救下母亲。"

就是这个眼神,就是这个眼神,他得到了一切,也失去了一切。

现在,他想要永远消失。

理道按下开关,开始了四十二年的旅程。

伴随着爆炸声,理道消失了。

然后再也没有出现。

*

警察开始正式搜查,是在公演后的第三天。

理道消失了。那不是魔术中的消失,而是现实中的消失。根据公演员工的证词,从第二次去十九年前的时间旅行开始,表演就已经脱离剧本了。十九年前的录像是怎么得到的?是不是真的去了四十二年前?没有任何人知道,至少没有任何人宣称自己知道。

公演前把我们带去最前排的那位名叫若林的女子,在理道消失一个月之后,给了我们一份公演录像的拷贝。姐姐请了一周的假,反复观看那盘录像。

全日本都在讨论理道的"时间机器"是不是真的,即使是公演之后过了二十二年的今天，也会每隔一阵就重新提起这个话题。研究超材料、引力场理论的科学家，声称自己见过外星人的古怪艺人，纷纷分析理道的公演录像，讨论时间旅行的可能性。

理道至今都没有找到。生不见人，死不见尸。一点线索都没有。

只有一个人，只有姐姐，一直在追踪理道的幻影。而在今天，姐姐追上了他。

一个老太婆从舞台旁边走上来，剧场内响起惊呼声。

姐姐完美再现了理道的演出。在剧场里、在录像上看过无数次演出的我，非常清楚这一点。第二次时间旅行，姐姐跳回到二十二年前，拍摄了仿佛是理道公演的录像。再度回到舞台上的时候，姐姐已经完全是个老人了。特殊化妆技术确实在不断进步，不过姐姐的老人妆怎么看都像真的。她的背有点驼，声音也嘶哑了。毕竟，为了这一天，她花费了二十二年。

对，这是特殊化妆技术。

姐姐真的做了时间旅行的可能性为零，因为这个"时间机器"有矛盾。我虽然不是很明白，但姐姐一直都这么说。

"各位女士先生，"舞台上的姐姐说，"在竹村理道这位魔术师消失的二十二年间，我一直在思考他的最后一个魔术。今天，我终于弄明白了他的魔术诀窍。今天在这里，我终于可以断言，他是天才。所以，不能让他表演'时间机器'。为了帮助他，我将再做一次时间旅行，阻止'时间机器'的初演。"

观众席上传来不知什么人的哭泣声。

冷汗止不住地顺着我的脸颊流淌下来。

姐姐走进"时间机器"，将时间设定为一九七七年，随后说："我走了。"

我和坐在旁边的母亲一起大叫"住手"。其他观众也一起叫起来。剧场里的所有人都在拼命阻止姐姐去时间旅行。

不行啊，姐姐，不能启动时间机器，不管那是真的还是假的。

姐姐微微一笑，按下开关。

伴随着爆炸声，姐姐消失了。

（丁丁虫　译）

参考文献：

吉姆·斯坦梅尔《让大象消失：天才魔术师们的黄金时

代》，饭泉惠美子译，河出书房新社，二〇〇六年。

藤山新太郎《没有铺垫和机关：昭和的魔术师们》，角川学艺出版，二〇一〇年。

一道光

当作家第五年的秋天，我去见了十五年未曾谋面的父亲。京都的医院联系我说父亲已经是癌症晚期。虽然有点不情不愿，但毕竟还得商量一下后事，我无奈地去了趟医院。在病房露了五分钟脸之后，我就离开医院，立即返回东京。

父亲是在三天后死的。我当时正深陷瓶颈期，反倒成了不幸中的万幸，因为没有追命般的截稿日，能够专心去办父亲的葬礼。

只请了亲属的小规模的葬礼结束之后，我为了善后留在老家。我一边体会着久违的单人外宿，一边把待办事务写在笔记本上。这是我从小的习惯。一旦忘记什么事，父亲就会大发雷霆，这让我养成了事无巨细都记在本子上的习惯。发票处理、七七法事的准备、继承关系的处理，等等等等，列了一长串。不管其中哪一条忘了，已经不在人世的父亲仿佛都会对我一通怒喝。

为了跟编辑讨论新作的内容，我又决定临时回一趟东京。就在那天早晨，有两个纸箱送到了老家门口。一个来自名叫"清和纯种马俱乐部"的法人组织，另一个来自父亲住过的医院。

我在十五年前离家时就已经破旧不堪的老式咖啡机里加了点豆子，先打开清和纯种马俱乐部的纸箱。里面放着一件蓝黑条纹的绸缎衣服，下面还有个装着文件的信封。文件的内容大致是"请决定如何处置令尊名下的马匹"。我早就知道父亲热衷于赛马，但还是第一次听说他当了马主。文件上说父亲名下的马名叫"暴风雨"，而纸箱里的衣服则是父亲驾马时穿的决胜服。照这情况，我既可以继承父亲的马主资格，成为"暴风雨"的主人，也可以无偿把马赠予清和纯种马俱乐部。

遗产继承的相关手续在父亲死前就基本完成了。生我养我的老屋子已经找到了买家，开了二十年的轻型小轿车也报废了。父亲手上的一点点股票、年轻时收集的手表、家里堆积成山的大量资料、几本莎士比亚相关的学术书著作权，都已经兑换成了相应的现金。父亲在死前，将六十四年的人生中所积累起的一切，都塞进绞肉机绞成了肉糜。这堆肉糜被贴上标价，交到了我这个独生子的手中。

处事如此周到的父亲却将"暴风雨"的处置权留给我来定夺，着实有点古怪。文件上还写着"暴风雨"的基本信息，它是匹五岁的公马，父母皆是名不见经传的马匹，在纯种马中只能算是庸才。它在地方赛马中跑了十二次，从未获胜。自从在新马战上跑了个第四名以后，就再也没上过公告牌。用高中棒球队来比喻的话，这匹马就是在地方大赛初战落败的队伍里坐冷板凳的水平。不过就算是这样的马，管理起来也很费钱，饲料费和调教费都需要马主来付。文件上写着，为了这匹无望赚取奖金的"暴风雨"，父亲每个月要付出二十万日元左右。

我的头脑里自然明白应该把马转让给俱乐部，但心里总有一种无法释怀的感觉。父亲留着这匹劣马肯定有某种用意。况且，赛马是联接我跟父亲的一根细线。如果把马转让给俱乐部，那父亲的人生就彻底只剩下枯骨和数字了。

按下开关，咖啡机嘎吱嘎吱地磨起豆子来，声音吵得像街头施工。小时候，我在这种响声里不知被父亲怒叱过多少次。对我来讲，与其说那是教导，不如说更接近否定。父亲的口头禅是"给我拼命干""就连一匹马都知道拼命跑"。

听到这种话，我总是在心里反驳："人又不是马。"我知道出声会惹他更加生气，所以一次都没能说出口。

父亲脾气急躁，又极难取悦。他总是一脸不悦地扫视着周遭，仿佛是把自己暴怒的缘由落在了世界的某个角落，正在四下寻找一样。如果能和母亲见上一面，我真想问问她为什么要和这种人结婚。我听说他们俩是在骑马俱乐部邂逅的。是马让他们结合的吗？

我与父亲生前最后一次对话，也提到了马。

十五年不见的父亲已经满头白发。他原本就不怎么壮实，此时更是瘦削得令人心痛。形容枯槁的脸上，一双滚圆的眼珠瞪了出来。

住到病房，父亲的表情也没有变化，只是小声嘀咕道："来了啊。"他也不问问我的近况，或是横亘在我们俩之间的十五年，自顾自地说起葬礼和继承的事。最后，把材料都递给我之后，父亲沉默了。

相顾无言了好一会，我问了句："哪里疼？"

"到处都疼。"父亲回答。

我见他的床尾摆着稿纸和笔，就接着问道："您难道在写书吗？"试图将对话继续下去。

"是啊。在写一匹马的故事。"

"哪匹马？"

"这马没名气。对了，我以前带你去过一次赛马场，你还记得吗？"

"当然记得，"我说，"是主赛有'特别周'①参战的京都大赏典②。"

"简直输得惨不忍睹。"父亲说。

我"嗯"了一声，点了点头，对话的头绪便如轻烟一样消散了。我好几次想开口，终究还是放弃了。我只留下一句"那我走了"，接着捧起文件离开了病房。

"特别周"是让我对赛马产生兴趣的那匹马，但并非因为它是一匹明星马。对我来说，它不是赢过日本德比大赛③的马，不是在天皇赏④实现春秋连霸的马，也不是在日本杯⑤大破"望族"⑥的马，它只是一匹让赛马场上的所有人期待落空、在京都大赏典上满盘皆输、失去了一切的马。

"特别周"于一九九五年出生于日高的牧场。它从新马战开始就一路高歌猛进，一九九八年在日本德比大赛上以五

---

① "特别周（Special Week）"是日本著名的赛马，主要夺冠纪录有1998年的日本德比大赛、1999年的天皇赏、日本杯等，为当时日本最高奖金的获得马。
② 京都大赏典是日本中央竞马会在京都赛马场举办的中央赛马大奖赛。
③ 日本德比大赛又称"东京优骏"，是日本中央竞马会在东京赛马场举办的中央赛马大奖赛。
④ 天皇赏是日本中央竞马会于每年春秋两季举办的中央赛马大奖赛，起源于1905年，是日本赛马最高级赛事中历史最悠久的比赛。
⑤ 日本杯是日本中央竞马会在东京赛马场举办的中央赛马大奖赛。
⑥ "望族（Montjeu）"是爱尔兰产、法国调教的著名赛马。

个马身的压倒性优势取胜。这场胜利让骑手武丰在第十次挑战后终于获得了"优骏骑师"①的头衔。第二年,"特别周"也顺理成章地拿下了天皇赏春季赛的胜利。可是在宝冢纪念赛②中,它完败给了"草上飞"③,让情势变得难以捉摸。

它接下来的一场比赛正是京都大赏典。当时还是初中生的我,被父亲带着来到了京都赛马场。我生来头一遭在赛马场观赏了赛事。

在热烈的喝彩之中,"特别周"表现得毫无亮点,跑了个第七名,落得惨败。父亲买的马票大多押在了人气最高的"特别周"身上,似乎损失惨重,回家路上自始至终都板着脸。"那家伙算是玩完了,"父亲在电车上说道,"彻底玩完了。"

我明明什么都没看懂,在心中却反驳道:"才不是呢。"未能回应父亲期待的"特别周",仿佛与我同病相怜。我甚至觉得自己能理解"特别周"的感受。我确实不怎么懂赛马,但仅仅因为一两次失败就被骂成这样,它难道不会一蹶不振吗?"特别周"如果内心有了创伤该怎么办?这就是我

---

① 优骏骑师(Derby Jockey)是指在德比大赛上获胜过的骑手,在中央赛马系列中特指日本德比大赛优胜,是骑手的极高殊荣。
② 宝冢纪念赛是日本中央竞马会在阪神赛马场举办的中央赛马大奖赛。
③ "草上飞(Grass Wonder)"是美国产、日本调教的著名赛马。

当初的想法。

我想对它了解更多，于是我查阅了"特别周"的相关资料。我知道它有个优秀的父亲，叫"周日宁静"[1]，母亲在分娩之后很快死去，所以"特别周"连母亲的面都没见过。我的母亲也在生下我之后很快离世了。当初我并不觉得二者的相似是一种偶然。

"特别周"的母亲叫"宣传女郎"，而"宣传女郎"的母亲——也就是"特别周"的外祖母——叫"西拉奥基女士"。"西拉奥基女士"的外祖母"西拉奥基"在役时，除了在日本德比大赛跑了第二名之外，还赢得了包括重赏[2]在内的四胜。"西拉奥基"在二十世纪初叶被进口到日本，继承了源自名驹"弗洛里之杯"的母系血统。换言之，"特别周"也可以说是"弗洛里之杯"的后代。

医院寄来的另一个纸箱里，装着父亲在病房里写的书稿

---

[1] "周日宁静（Sunday Silence）"是美国产的著名赛马、种马。
[2] "重赏"源自英语 Pattern Race，特指日本赛马中事先告知有名马参赛、吸引大量观众的标志性赛事。

和相关资料。书稿有十几页，在右上角用夹子夹成一叠。他的字与容貌和性格都很不相称，显得圆滑又不匀称，歪歪扭扭地填满了稿纸。

我已经很久没见过父亲的字了。我想起父亲第一次给我买自行车后、在车上写我名字的情景。父亲用油性魔术笔在崭新的自行车挡泥板上写了我的地址和姓名。不知为什么，我当时并没觉得有什么好光彩的。

两年后，我忘记上锁、自行车被偷的时候，父亲打了我一记耳光。之后他就再也没给我买过自行车。我早已经记不清那辆自行车的颜色和样式了，但父亲写下我名字的那一刻，如今仍历历在目。

我记得自己还给那辆自行车起了个名字，叫"东海帝皇"①。就是因为"东海帝皇"在有马纪念赛②上赢了，让父亲大赚一笔，才给我买了自行车。

父亲的书稿从追溯"特别周"的族谱开始。他如果写的是"东海帝皇"，我反倒更能理解，因为"东海帝皇"对父亲来说是一匹特殊的马。站在父亲的立场上，"特别周"应该是让他在京都大赏典上损失惨重的诅咒之马才对啊。

---

① "东海帝皇"是日本产的著名赛马、种马。
② 有马纪念赛是日本中央竞马会在中山赛马场举办的中央赛马大奖赛。

父亲为什么要对"特别周"追本溯源呢？这样的追溯有什么意义吗？

我一边喝着咖啡一边继续阅读。

"弗洛里之杯"是一九〇七年三菱财阀的小岩井农场为了改良马匹而从英国进口的二十一匹纯种马之一。经历甲午战争与日俄战争之后，日本陆军意识到军马品质明显落后于西洋马。在久未爆发战争的日本，马已经主要用于观赏和礼仪，都未曾参与过军事作战。当初的日本国产马既矮小又顽劣，用在战场上适得其反。譬如，在一九〇〇年的义和团运动中，西方列强就耻笑说"日本人骑的是形如马的猛兽"。于是，为了产出更加优质的马匹，日本开始举国兴办赛马。"弗洛里之杯"就是那一时期引进的英国纯种马。

"弗洛里之杯"的外孙女"花艺家"（在役时的马名为"弗洛拉之杯"）尽管是匹母马，依然赢得了包括帝室御赏典（现在的天皇赏）在内的十胜，作为种母马也产下了"星之杯""白龙""南誉"等优秀的竞速马。再往后，"星之杯"的孙辈是"西拉奥基"，而"西拉奥基"的孙辈是"西拉奥基女士"。也就是说，"弗洛里之杯"是"特别周"外祖母的外祖母的外祖母的曾外祖母。

在"花艺家"出色战果的影响下,"弗洛里之杯"的血统接连产出优秀的竞速马,在当时的马业人士中引起了热议。但是,"弗洛里之杯"血脉一族均由三菱财阀的岩崎久弥[①]所拥有的小岩井农场管理,并不会流向市场。各路马业人士都蠢蠢欲动,想尽办法获得"弗洛里之杯"的血统马。

间宫昌次郎便是其中一人,他经营着长野县一家名叫"间宫农场"的小牧场。他最为特殊的一点是对"弗洛里之杯"的血统有着非同寻常的执着。昌次郎通过对比赛马的外国血统证书、日本国内的繁育成果、比赛的成绩等,编造出一套独属于自己的血统理论。他得出的结论是——想要产出独步日本的竞速马,必须有百分之二十五的"弗洛里之杯"血统。如果再和间宫农场最出色的种公马"目黑"交配的话,必然会诞生能赢下帝室御赏典的马。他对此深信不疑。

但他怎样才能得到"弗洛里之杯"的血统呢?

[①] 岩崎久弥是日本实业家,三菱财阀的第三代总帅。

昌次郎苦思冥想。直到第一届日本德比大赛开幕的五年前，一九二七年，事情才有了转机。

昌次郎跑遍了全日本的牧场，甚至去过英国大使馆，终于通过根岸赛马场的引荐结识了小岩井农场的原厩务员，并从他那里得到一条消息——"弗洛里之杯"有个妹妹。这个妹妹是"弗洛里之杯"的"全妹"①，换言之，它们流着完全相同的血液。如果能得到这个妹妹，便能产出理想中的竞速马。昌次郎为此兴奋不已。

听原厩务员说，"弗洛里之杯"有妹妹一事，从一九一一年起就在牧场内一小部分人中间流传。他们曾向英国的牧场主打听过一次，据说这个妹妹是在法国某个牧场出生的，但第一次世界大战之后，就行踪不明了。

听到这里，昌次郎把牧场和两个孩子托付给妻子八重，孤身远赴法兰西。马不同于人，寿命很短，他不能干等着。

昌次郎花了三个月在法国各处的牧场与赛马场走访，终于找到了"弗洛里之杯"的妹妹"卡侬小姐"的

---

① 在赛马血统理论中，同父同母马匹之间的关系称作全兄、全弟、全姐或全妹。

马主布罗夏尔。

遗憾的是,"卡侬小姐"已经去世了。在役时,它曾是一匹在法国戴安娜大奖赛[①]上夺得第三名的优秀竞速马,人们对它在繁育上也抱以厚望。但战争夺走了它的未来。繁育用的牧场被德军占领,包括"卡侬小姐"在内,所有纯种马都被征用为军马。终战后,布罗夏尔回到牧场,发现没了好几匹马。还怀着孕就被弃之不顾的"卡侬小姐",正因肠绞痛而挣扎着。在兽医的帮助下,勉强把小马生了出来,但"卡侬小姐"就这么死了。

留给马主的只有不知父亲是谁的"卡侬小姐"之女。昌次郎说:"让我见见它的女儿。"这句话让布罗夏尔疑惑不已。毕竟"父亲不明"对纯种马来说,有着很沉重的含义。因为纯种马的定义是"双亲都为纯种马"。自从十八世纪开始登记血统之后,所有的纯种马都是伴随着血统证书进行管理的,不符合规定的马就不被承认为纯种马。

即便如此,昌次郎仍央求"让我见见它的女儿"。

[①] 戴安娜赛马大奖赛(Prix de Diane)是每年6月专为3岁雌马准备的国际一级赛事。

我一口气读到这里，暂时放下了书稿。我有点能理解父亲为什么要提起带我去赛马场的事了。原来父亲临终前所调查的正是"特别周"的祖先。

父亲不愧为学者，在稿件上还标上了详细的脚注。比如说，昌次郎在根岸赛马场获得"弗洛里之杯"妹妹相关信息的始末，刊载于一九四一年《马事月报》四月刊上一篇题为《追寻'弗洛里之杯'血脉》的文章中，是昌次郎本人讲述的。昌次郎在法国见到布罗夏尔的故事引用自本人的手记。

父亲的纸箱中，除了装有《马事月报》与昌次郎手记的复印件之外，还塞满各种资料。《赛马年鉴》《德比赛马"特别周"》《传记·岩崎久弥》《第一届东京优骏》《马匹改良》等，从旧书到相对近期的材料，应有尽有。

咖啡已经冷却了。

我用手机查了查书稿中的内容，没搜索到间宫昌次郎这个名字。但也不能断言他并不存在，因为一个战前牧场主的姓名，没理由会出现在互联网上。

不过，"弗洛里之杯"这个名字很快就找到了，还有维基百科页面呢。查阅"特别周"的血统时，也能查到它的祖先中有"弗洛里之杯"这个名字。

可"卡侬小姐"就没那么顺利了。我奋斗了两小时左右，才从当初法国报纸专栏的数据库中找到了一九一二年的戴安娜大奖赛成绩表。第三名叫"Miss Canon"，即"卡侬小姐"，出生于一九〇九年。没有骑手、马主、血统的信息，也不清楚"卡侬小姐"是否还参加过其他比赛。既然"弗洛里之杯"是一九〇四年出生的，至少"卡侬小姐"当它妹妹在年代上没有矛盾。第一次世界大战是在一九一四年开打的，退役后的"卡侬小姐"被牧场用于繁育并不奇怪。

父亲是莎士比亚研究专家，并不是赛马研究专家。他为什么调查起了"特别周"的祖先？我依然是一头雾水。

据说"卡侬小姐"的女儿名叫"莱蒂西亚"，但这恐怕是昌次郎的误会，实际上这是布罗夏尔女儿的名字。昌次郎不断请求"让我见见它的女儿"。布罗夏尔只能来到放牧区，晃动手摇铃大喊："莱蒂西亚！"很快，一个骑着纯种马的年轻女孩现身了。其实，马上的女孩才是莱蒂西亚，但昌次郎眼中只有那匹马栗色毛发的美妙身姿。

"卡侬小姐"的女儿成了一匹骑乘马。它性情沉稳，头脑聪明，脚的长度与腿上的肌肉都与"卡侬小姐"十分相似。若是一匹竞速马，它必将不同凡响。可它因为血统不明无法参赛，甚至无法用来育种。布罗夏尔对此深感遗憾。

昌次郎斩钉截铁地说："在日本能保存它的血脉。"试图迫使布罗夏尔转让这匹马。他的想法是，在赛马制度尚未完全成熟的日本，肯定能让"莱蒂西亚"的孩子参赛。实际上曾有过血统不明的马赢得了帝室御赏典。像风靡日本赛马界的澳大利亚马"米拉号"，就没人知晓其双亲来历。

布罗夏尔以女儿很珍爱这匹骑乘马为由，一度拒绝了昌次郎的提议。但昌次郎并没有轻易作罢。他坚称，应该让"莱蒂西亚"的孩子参赛，否则在绿草地上尽情奔跑的就只有它自己。也许是作为一个养马人被那句话触动了，布罗夏尔最终决定将"莱蒂西亚"转让给昌次郎。

昌次郎与布罗夏尔定下了"契约"。据说契约内容就是"让'卡侬小姐'的孙辈参赛，尽情奔跑"。昌次郎只付给布罗夏尔两百法郎。起初，布罗夏尔甚至连这两百法郎都不愿收。

翌年夏天，"莱蒂西亚"来到了间宫农场。昌次郎用以下描述回顾了当天的情形：

"八月十一日，'莱蒂西亚'完成检疫，来到了间宫农场。尽管长时间的运输让它略显疲惫，但毛发光泽依旧，栗色的马身仿佛在发光。负责饲养的阿茂给它草料，它一口就都吞了下去。"

阿茂是昌次郎的长子。其实在这一天，阿茂还被突然暴躁的"莱蒂西亚"从身后踢了一脚，左臂骨折了。昌次郎向受伤的阿茂问道："马的视线很宽阔，你知道这意味着什么吗？"

"连它自己的身后也能看到。"阿茂答。

"没错，"昌次郎点头说，"正因如此，马才会自以为可以看见周遭的一切。但实际上，它们唯独看不见正后方的区域。所以，如果有什么东西从正后方出现，马就觉得有物体从虚空中突然冒出来，于是会惊惧失控。"

昌次郎似乎很喜欢这样的一问一答。不论是什么事物，他都试图尽可能合理地去解释。

读到这里，我再次放下书稿。

时间有限，该回东京了。我把父亲的书稿、纯种马俱乐部的文件收拾起来，又从纸箱中挑了几份资料装进皮包，离开了老家。

在新干线车中,我再次打开父亲的书稿。邻座乘客的目光让我好不自在,我很快又把书稿收进了包中。我耻于被别人看见父亲那独特字体写就的稿件,换了本《德比赛马"特别周"》来读。

很快,我便意识到,这本书说不定就是我小时候查资料时读过的书。我对这本书里写的东西非常熟悉。里面写到了"特别周"没了母亲后,一匹挽曳赛马①当了它的乳母。乳母脾气暴躁,年幼的"特别周"吃了不少苦头。大概因为有这段幼年的经历,"特别周"身为"周日宁静"的马驹,却显得格外温驯,还十分信赖人类。武丰对它的骑乘体验赞不绝口,秘密或许就在于"特别周"的生平经历。

失去母亲之后,照顾我的人是外婆。与"特别周"的乳母不同,外婆总是很温柔。她经常在傍晚换好几辆电车来我家,做饭洗衣服,吃完晚饭之后把衣服晾起来才回去。外婆在我九岁时去世。我已经忘了她是怎么去逝的,只记得自己在葬礼上大哭了一场。

《德比赛马"特别周"》很薄,我坐在新干线车上就读

---

① 挽曳赛马指拉着雪橇进行竞速的赛马,现在只有日本北海道还举办这样的赛事。

完了。这本书恐怕是"特别周"赢得日本德比大赛之后匆忙跟风出版的。书中只记载了"特别周"一路赢得日本德比大赛的始末,并没有写到之后的赛事,更没提及它的瓶颈期。

果然是如出一辙啊,我想。我也跟"特别周"一样,刚出道那阵子还挺顺风顺水的,得过几个奖,书也开始畅销,可突然就写不出小说来了。我做了太多忘恩负义的事,给许多人添了麻烦。回过神来,曾经围在我身边的编辑们几乎都不见了。

我不明白为什么我会陷入瓶颈。某一天,突然间,我就对自己的文章没了信心。我总觉得不论写什么都无聊至极,会在一天结束时把当天写的文章全部删除。在这反反复复的过程中,就什么都写不出来了。

"特别周"虽然在京都大赏典一败涂地,但之后赢得了天皇赏的秋季赛和日本杯。父亲断言它"玩完了",可它并没有完。我的瓶颈期也会迎来结束的那一天吗?我能够像"特别周"一样重获新生吗?

回东京之后,我在一家小餐厅里和编辑聊了聊。"最近看什么书了没?"听到这个问题,我告诉了他父亲留下书稿的事。没想到编辑很感兴趣。

"我还没读到最后,多半没写完。"

"既然这样,你干脆帮他写下去吧,怎么样?"编辑说,"就当是在做一种康复训练。"

我只回了他一句:"先让我读完。"几杯酒下肚之后,没有任何详细进展,就跟编辑道别了。

写不了文章之后,我连读书都提不起劲,现在却久违地沉浸在父亲的书稿中。先不论要不要续写下去,这件事本身就可能是一次转机。

回到家中,我像抓住救命稻草一样掏出父亲的书稿。

到了来年春天,昌次郎如愿以偿地让"目黑"给"菜蒂西亚"配了种。说到底,昌次郎选马的标准就是谁最适合跟"目黑"配种,因此才看上了"弗洛里之杯"的血统。

"目黑"是间宫农场里战绩最显赫的马。三岁的春天,它在出道战"一千八百米新呼马战[①]"中因为赛场情况不佳,以一头之差跑了第二名,但在三周后的第二战中,它以十五马身的优势赢得压倒性胜利。到了马身达

[①] 战前的日本纯种马买卖以抽签制为主流,自由买卖的马极少,这些马被称作"呼马"。仅限"呼马"参战的赛事风靡一时,即"呼马战"。

标的秋天，它以最好的状态参加了日本国内奖金最高的"优胜内国产马联合竞速"①——俗称"联合二哩"②。

当天的目黑赛马场因为前一天下雨而状况不佳。一路跑得得心应手的"目黑"在最后一段直道却突然失速，最终以第四名的成绩落败。昌次郎坚信这匹马一定能称霸目黑赛马场的"联合二哩"，才给它起了"目黑"这个名字，可聪明绝顶的昌次郎没能算到天气。

赛后，昌次郎说着"抱歉"摸了摸"目黑"的头。据说不论比赛是输是赢，他都必定会对马说一句"抱歉"。昌次郎也只在这时候才会道歉。

"联合二哩"败北之后，"目黑"一直跑到了第二年，在包括优胜战、特别战、让步战在内的十九战中取得十二胜，并在巅峰时期退役。在冬季锦标赛中出马时，它三天拿下了三连胜。它虽然没获得什么响亮的头衔，但成了名副其实的名马，也让昌次郎对自己的血统理论充满自信。

"'目黑'比同世代的任何一匹马都要快，并且拥有

---

① 优胜内国产马联合竞速为1911年至1937年举办的日本赛马竞速赛，也是现今天皇赏的发源赛事之一。
② 赛程为3200米，约合2英里，得此俗称。

超出常规的体力。"

昌次郎在手记中如此断言。

"'目黑'的弱点只有一个，就是胆小。'目黑'在赛跑的时候，总是想往马群中间跑。这个习惯被记者们评判为'很勇敢'，但此言差矣。归根结底，马这种动物过的是群居生活，在逃离肉食动物时，为了提高生存率，也会成群逃亡。这时候最安全的地方是哪里呢？就是马群的中央。跑在最后面当然是最危险的，不必多说，但跑在最前面也有遭遇埋伏的危险。'目黑'想跑进马群中间，是因为它明白那里才是最安全的。胆小的'目黑'面对地面硬度不稳定的不佳赛场时，极端害怕使出全力。胆小这一点终究成了'目黑'的致命弱点。"

阿茂将来想当骑手，经常骑退役后的"目黑"，也同样知晓它极其胆小的事实。于是，阿茂猜测父亲选择"莱蒂西亚"作为"目黑"的配种对象，是因为它具有"勇敢"的品质。"目黑"的素质再加上勇敢，必然所向无敌。

"目黑"与"莱蒂西亚"配种结束后，阿茂把他的想法说给了昌次郎听。昌次郎的回答完全在预想之外。

"你想得不对，"昌次郎摇头，"非要说性格的话，

'莱蒂西亚'也算是匹胆小的马。况且，让胆小的马和勇敢的马结合起来，不见得就能消除弱点。并不是那么单纯的问题。"

"为什么呢？"

"我创造的是一套血统理论。理论就是从几条基础的定义或者公理开始、经过严密的推论创造出的复杂结构。配种只是这个结构的细枝末节，如果不从根本上理解它，我就算再怎么解释也没意义。"

昌次郎见阿茂露出摸不着头脑的表情，补充了一句："你现在理解不了也没关系。说白了，我都不指望这个国家有人能理解。"

"那能给点提示吗？"阿茂不依不饶。昌次郎稍微想了想，说："马是食草的，对吧？"

"嗯。"

"草食动物的天敌是什么？"

"肉食动物。"

"没错。剩下的自己去想吧。"

马是食草的。食草是指不吃肉而吃草。这其中有什么深意呢？

烦恼不已的阿茂身旁，"莱蒂西亚"正在咀嚼草料。

阿茂把血统理论的事暂且抛之脑后，祈祷"莱蒂西亚"能顺利怀上"目黑"的孩子。

但是阿茂的愿望，或者说间宫农场的愿望并未实现，"莱蒂西亚"没有怀上"目黑"的孩子，第二年依然没受孕。

"莱蒂西亚"当时已经十三岁了。马一年只发情一次，怀孕的机会不知还剩几次。

在昌次郎开始焦急的时候，赛马界出了一桩大事。东京赛马俱乐部决定创办东京优骏大竞速——又名日本德比大赛，奖金是破格的一万日元[①]。话题在马业人士间炒得很热。因为东京优骏，当年的竞拍市场价格暴涨。此前大约一百日元就能成交的寻常马匹，收购价到了一千日元，而优良血统的种子马被炒到了一万二千日元的价位。

昌次郎认定东京优骏就是他的命运赛场。他曾经认为自己培育的只是能赢下"联合二哩"或是帝室御赏典的马，但"莱蒂西亚"对这种小目标肯定不感兴趣。它是为战场而生的，它绝不会惧怕大型赛事。"莱蒂西

[①] 20世纪30年代，即明治年间，同等单位日元的购买力为现今的数千倍，一万日元相当于现在的数千万日元。

亚"的孩子该赢下的是东京优骏。况且东京优骏还是二千四百米的赛制,是"目黑"与"莱蒂西亚"的孩子最能够发挥实力的距离。

一年后的一九三一年,第三次,"莱蒂西亚"终于受孕了。

父亲的书稿到这里就结束了,后面只垫着几张空白稿纸。这是一份写到一半的书稿,它将永远处于未完成的状态。

唯一的救赎是——就算书稿在中途夭折,历史也不会走到一半就戛然而止。

为了寻找稿子的后续故事,我全情投入地阅读从京都搬来的资料。我至少想知道"莱蒂西亚"的孩子是一匹怎样的竞速马。昌次郎的梦想成真了吗?他赢下日本德比大赛了吗?

从老家带回的资料中并不包括昌次郎的手记,因此,我并不知道昌次郎追梦的后续发展如何。我调查了日本德比大赛历代参赛马的名单与血统,其中也有血统不明的马,但始终没什么头绪。

读完所有资料后,我把父亲的书稿又从头重读了一遍。

回过神来，我已经和阿茂一样，拼命思考昌次郎的血统理论究竟有何玄机。在脑海中将父亲的稿件与昌次郎的话语梳理过许多遍后，我得出了一个结论：关键在于"逃跑"。马在延续生命时，最重要的是逃离天敌肉食动物。马的视野宽阔也是为了精准地识别肉食动物的位置。

换言之，对马这种生物来说，"胆小"未必是件坏事，反倒是"勇敢"的马会很快死于捕食，"胆小"关乎性命。

那么，又该如何看待纯种赛马呢？它们也是马，同时，它们还必须在人类制定的规则中赢得一场场比赛。"胆小"是它们身为马这种动物的闪光点，但在竞速赛中会成为不利因素。不是够勇敢就能安枕无忧，也不能太过胆小。这与昌次郎所谓"并不是那么单纯的问题"是相符的。

我一夜未眠，再次前往京都，就是为了通过昌次郎的手记来解读父亲书稿的后续内容。在我的脑海中，四分五裂的碎片仿佛即将组成一个整体。我思索着"特别周"，也思索着"特别周"的祖先们。

"特别周"指举办日本德比大赛的那一周。对于热衷赛马的人来说，那一周的时间具有特殊意义。昌次郎对"目黑"和"莱蒂西亚"的孩子一定也寄予同样的厚望。他将一切都赌在了"莱蒂西亚"的孩子身上，那他会给这个孩子取什么名字呢？

我的父亲给自己的马起了"暴风雨"这个名字，《暴风雨》是父亲曾研究过的莎士比亚的作品。父亲很喜欢《暴风雨》中的台词"不要只因一次失败，就放弃你曾经决意达成的目标"。赛马失利的时候他也经常把这句台词挂在嘴上。很讽刺的是，父亲的竞速马"暴风雨"何止失败了一次，简直是输上加输，直到现在都输个不停。

一到老家，我立刻开始翻阅昌次郎的手记，并将他写的内容与《赛马年鉴》数据进行了比对。信息不足的部分就用纸箱里装的其他资料来补充。我泡了杯咖啡把呵欠镇下去。咖啡机的嘎吱声正好能驱走睡意。

回过神来时，我已经在父亲留下的空白稿纸上写起了故事的后续。

耗时三年终于受孕的"莱蒂西亚"，第一胎生了公马，马身漂亮极了，几乎让人看得出神。昌次郎把第一胎的命名权交给了阿茂，但最后没能给它起名，因为它在登记为竞速马之前，就被帝国陆军收购当了军马。

"莱蒂西亚"的第一胎卖出了五百八十日元的高价。

据说起因是一名陆军士官在拍卖会上对它一见钟

情。听说"目黑"在三代前还有阿拉伯马的血统后，士官便愈加心满意足了。

对于养马人来说，产出的马能被征为御用军马，是一种无上的荣誉。出发去马检所的那天，"莱蒂西亚"的孩子身披军旗图案的垫布，在周边居民的欢送中离开，农场上还飘舞着无数日章旗。据说它和其他军马一同被送往了满洲。

昌次郎哭了，他的眼泪自然不是欢喜之泪。他很明白获得御用军马的名誉有多难得，只是他本以为这匹马能赢得日本德比大赛。

此后，"莱蒂西亚"接连几次都没怀上，直到一九三四年才生下第二胎，是匹母马。接着它在当年秋天死于肠扭转。

昌次郎所追寻的血脉全都寄托在了这匹小马身上。究竟该给它起个什么名字才好呢？昌次郎在马厩旁苦思冥想了一整晚。自己生儿子和女儿的时候都没这么烦恼过。当黎明来到时，马厩天花板的缝隙中射进了一道光芒。

就是这个了，他心想。它就是照亮间宫农场的一道光。

就在那天,昌次郎将它命名为"一道光"。

到了秋天,昌次郎便把"一道光"藏进马舍中,以免被军人发现。每当有来客,昌次郎便谎称"它病了",并关入昏暗的马厩。当然,它也从未上过拍卖会,因为它就是间宫农场最后的希望。

为了防止再有军马征召这种事发生,昌次郎托熟人介绍,结识了一个从事建筑业的男人——小村贞树。小村属于某个赛马俱乐部,而昌次郎以"退役后把它收回来当种母马"为条件,没花多少钱就委托他当了马主。日后成为竞速马的"一道光"起跑时表现总是很差,或许是因为幼驹时期总被单独禁闭在马厩中,它直到最后都没能适应群居生活。大概是因为身边的马让它感到紧张,就算骑手作出指示,它也迟迟不肯起跑。

它在中山赛马场出道时的新呼战上也不例外,起跑糟糕极了。

但是昌次郎对此毫不在意。

比赛前,昌次郎通过调教师告诉主战骑手安西:"它的起跑很差,你不必着急。冷静一点,只要想着怎么激发出这匹马的实力来就行。"

尽管起跑排在了最末尾,安西也并未焦急,低调地过了第一个弯。安西只在调教时骑了一次，就对"一道光"的才能惊讶不已。他还从未驾驭过奔跑时如此轻巧的马。比赛的节奏相当快，但它跑过一千米大关都毫无疲惫之色。口吐白气拼命跑在前方的马，被"一道光"悠然地接连超过。或许这次真的能赢，安西的想法开始转变了。

安西只是稍稍牵动缰绳，"一道光"就接连加速，在最后一个弯已经与领头马并驾齐驱。之后几乎没有什么追逐，"一道光"就以第一名冲线了。它与第二名拉开了六个马身，可它的呼吸在赛后没有分毫紊乱。

"感觉就像我一个人跨在不同的坐骑上。"安西在赛后如此回顾说。

据说它一开始追逐，四周仿佛就都静止了。速度的差距就是这么夸张。

两周后参加的二千四百米冠军赛的赛场状况不佳。出道战的压倒性胜利，让"一道光"登上了人气榜首。德比大赛也是跑二千四百米，赛场状况在这一时期总是很差，再加上此战的对手比前一场强得多，昌次郎认为通过这场冠军赛的表现，能够摸清它作为一匹竞速马究竟有多少能耐。

比赛的情况出乎意料。

起跑时,"一道光"被两匹公马夹在中间,竟然以一鸣惊人的速度拔得头筹。安西原本得到的指令是"从后面追上去",在第一个弯之前他拼命拉紧缰绳试图让它退下,但亢奋的"一道光"不管不顾,继续逃离马群。在前面一千米,它与第二名之间整整拉开了十五马身,计时六十一秒,明显节奏过快。昌次郎非常后悔,早知如此,就该让它多适应一下公马。德比大赛上,对手恐怕大多会是公马,像今天这样从两侧被夹击的可能性很大。

"一道光"或许是真累了,它的节奏开始降低,身后的马群迅速逼近。最后一个弯,"一道光"与后方马的差距仅剩三马身左右,它被马群吞噬恐怕只是时间问题。

但是,安西一开始加鞭,"一道光"就立即再次加速。它与马群之间的差距维持在三马身,迟迟没有缩短。

冲出马群的二号种子"黑小子"来到了"一道光"的并排位置。本以为会被超过,可"一道光"顽强反抗,不肯让步。

两匹马就那样并排冲过终点。

根据详细判定,"黑小子"是第一名,"一道光"以一鼻只差得了第二名。

昌次郎的梦想在渐渐照进现实,但我意识到了一件事,停下了手中的笔。昌次郎给"莱蒂西亚"的孩子命名时伤透了脑筋,给自己的孩子命名却十分干脆。他儿子单名"茂",女儿单名"绿"。这两个名字很有农场主的风格。我总觉得最近瞥见过"绿"这个名字。

答案在查询葬礼邀请名单时用过的户籍誊本中。我的外婆名叫高冈绿,就是小时候经常为我做晚饭的外婆。昌次郎的女儿"绿"在战后结婚,从"间宫绿"改姓成"高冈绿"。也就是说,昌次郎是我的曾外祖父。

我再次思考父亲临终时写下"一道光"故事的含义。父亲是在追溯我的母系血统的过程中发现"一道光"的。"一道光"是间宫农场留下的"弗洛里之杯"血脉的最后一滴,而我这个人是间宫家血脉的最后一滴。

我取出笔记本,在左页画出"特别周"与"一道光"的血统图,右页画出自己家的族谱。从昌次郎所在的时代起,经历数十年后,我身上流淌的血与"特别周"身上流淌的血重逢了。

·还差一点点，我再次埋头写起书稿。从"弗洛里之杯"到"一道光"的故事，还差一点就到结局了。

日本德比大赛安排在冠军赛两周以后，"一道光"是四号种子。尽管在冠军赛中惜败，但第二名的成绩并未让人们对它的评价降低。事实上，赢了它夺得第一名的"黑小子"在人气上是六号种子。据说"一道光"被评价为"能力很强但脾气古怪"。德比大赛聚集了全日本的顶级马，其中有许多马的能力高强，脾气也稳重。就算"一道光"再出众，也不可能轻易成为一号种子。

在写后续内容之前，我先看了一段录像。

十分走运，"一道光"参加的德比大赛居然在网上还留有录像存档。

"众马各就各位，一起开跑。不，有一匹，备受瞩目的母马七号'一道光'起跑晚了点。"

人声大概是广播实况解说。当初的德比大赛似乎是通过广播来直播的。图像是黑白的，但安西骑手的决胜服上印着铜钱纹，很好辨认。

东京赛马场座无虚席。资料上说昌次郎和八重坐在二等座上，看老录像当然不可能找到。

"打头阵的马群开始过弯，阵型也拉成了纵队。"

镜头外的"一道光"跑在了最后方。在德比大赛前的两周时间里，昌次郎委托调教师，让"一道光"熟悉了如何与公马相处。或许是调教出了成果，"一道光"的起步很沉稳，起跑掉队并无大碍。比起急躁之下强行带队奔逃，跑在后面踏实多了。昌次郎从冠军战的教训中产生了这种想法。

"东京赛马场晴空万里，在绝佳赛场的茵茵绿草之上，十九匹骏马正在飞奔。"

当天是晴天，我从黑白影像中看见了色彩。在饱含着春季潮湿气息的清风吹拂下，绿莹莹的草地闪着微光。在这梦寐以求的优良赛场上，"一道光"显得冷静沉着。

它在第二个弯超过一匹马后，以第十八的排位通过第一个千米。进入另一侧的直道后，它超过了一匹、两匹。

要上坡了。安西稳坐鞍上，"一道光"并未猛烈追击，而是从外圈巧妙避开三匹，以第十三的排位切入第三个弯。没问题，它跑得很欢快。还剩十二匹。

缓缓加速的"一道光"又超过了两匹，从最后的转角切入直道。东京赛马场的直道很长，已经能看到排成一条线的纯种马队列后方出现了"一道光"的身影。它通过了指示还剩四百米的弗隆道标。

"冲啊!"我仿佛能听见录像中传来昌次郎的呐喊声,"给我让出道来!"

"一道光"看上去还保存有充分的余力,但前面有两匹马齐头并进,组成了一道障壁,让它无路可走。

"让道啊!"我大喊。想必昌次郎也大喊了。

也许是愿望到达了天听,两匹马中,跑在内侧的那匹有些力竭,稍稍朝里面偏了一下。

空档只有一瞬间。

骑手安西发出了冲刺信号,于是乎"一道光"以其超群的反应速度,抓住些微的间隙,把鼻头探了进去。当跑偏的马调整好体态的时候,"一道光"早已从两匹马中间穿了过去。真是完美的瞬间爆发力!紧接着,三完步[①]之间,"一道光"已经将外侧紧追不舍的三匹超过,总计甩开了五匹马。

障壁消失了。前面还有五匹。

只剩下一百米了。领头马的步伐已经有些沉闷。"一道

[①] 完步,指四足步行动物的步幅,赛马竞速时的一完步约为7至8米。

光"以先头为目标，不断逼近。

"一道光"跑到冠军赛上输过的"黑小子"与紧贴在它身边的一号种子"久光"身侧，一鼓作气超越了它们。只剩下前三匹并排成一条线。

"一道光"从最内侧赛道进入领先集团，与它们并驾齐驱。外圈有一匹掉队。已经没多少距离了。五十米、三十米……

"冲啊!"我与昌次郎的叫喊声，融化在战前东京赛马场的盛大欢呼声中。

十米、五米，然后……

三匹马就那样并排冲过了终点。

观众席上开始喊喊喳喳起来，因为凭肉眼完全无法判断是哪匹马赢了。这是一场毫厘之差的比拼。

过了一小会儿，工作人员举起了排位板。观众们屏息凝视。

一瞬间，赛场归于静寂。

八、十一、七。

七号"一道光"被判定为第三名。

输了。"一道光"没有成为德比的制胜马。

但是，昌次郎一定会露出如释重负的表情，说这么一句话:"排位根本无所谓。"

"一道光"第一次尽情地奔跑在赛场上,昌次郎终于实现了与布罗夏尔之间的约定。

那年秋天,在让步战与呼马战中取得压倒性胜利后,"一道光"因放牧时不慎受伤而亡。它在短暂的职业生涯中仅留下五战三胜的成绩,没有赢过大型赛事,也未曾留下子孙。

"一道光"死去一个月后,阿茂接到了征兵令,后来他病死在新几内亚。马和儿子都被战争夺走了。

昌次郎打算再次为"目黑"寻找最好的配种对象,并为购买种母马而计划了第二次欧洲旅行。可第二次世界大战愈演愈烈,这一回实在是不得不死心了。

一九四三年,政府发表了中止赛马的法规。两年后,东京赛马场因粮食短缺问题,变成了红薯田。与其他几家中小牧场一样,间宫农场也深陷经营难,战后很快就封门了。

昌次郎用卖出几匹纯种马换来的钱,将牧场改造成"间宫骑马俱乐部"。"目黑"不当种公马之后,成了一匹骑乘马。

战后,继承间宫家血统的最后一人结婚后改名"高冈绿",生下了我母亲。间宫骑马俱乐部似乎一直挺到了一九八二年,直到昌次郎死去,后来被卖出去改造成了滑雪场。父亲与母亲恐怕就是在间宫骑马俱乐部邂逅的吧。

我还是没有继续动笔。昌次郎的人生也许能算得上是圆满结局。他与"莱蒂西亚"不同,还是成功留下了自己的血脉。我此时正活在此地。

而事实上,让他赌上整个人生的"莱蒂西亚"的孩子却在德比大赛中输了。它输了,也没留下孩子。这并不是一个胜利的故事。

真想赢啊!我还想看见继承了"一道光"之血的纯种马奔跑在赛道上的英姿。

写下这份书稿的父亲,是不是也怀着相同的思绪呢?

"不要只因一次失败,就放弃你曾经决意达成的目标",我想起这句父亲援引过的台词,又想起父亲拥有的劣马"暴风雨"。父亲为自己的死安排得那样周到,很难想象他会忘记一匹马。那么父亲是出于何种意图,才想让我继承那匹劣马的所有权呢?

我翻看起清和纯种马俱乐部的文件,想再一次确认"暴风雨"的血统。

紧接着，我看到了"莱蒂西亚"的名字，大吃一惊。文件上，"莱蒂西亚"的孩子标着"小村翁"这个名字。

我着了魔似的开始调查"小村翁"的信息。

故事整理如下："一道光"确实并未留下子孙，但是，它那被买走当了军马的哥哥，活着从满洲回来了。多亏妹妹"一道光"在德比大赛上获得第三名的优秀表现，它也获得了当种公马的机会。"一道光"的马主小村贞树从陆军那里打听到了消息，给它起名叫"小村翁"并用它配了种。说来讽刺，多亏这匹"小村翁"，"莱蒂西亚"的血统——昌次郎的执念——一直被继承到了现代。

昌次郎对马的那分热忱被父亲接续了，他为了守护血统一直持有"暴风雨"。

父亲想把"莱蒂西亚"的后代"暴风雨"留给我这个昌次郎的后代。为了让二者能串联起来，他才写下昌次郎的故事。

"一道光"全力奔跑，但还是差了那么一点。"特别周"一度背叛了所有人的期待，但浴火重生，再次成为传奇竞速马。

我到底该从哪里着手才好呢？无数的信息与情感，在我的脑海里搅成了一团乱麻。我是为了什么才在写这份稿子呢?"特别周"呢?"一道光"呢?它们是为了什么才奔跑的呢?

对它们来说,德比大赛的奖金也好,胜利的殊荣也好,都毫无意义。它们只是在草地上以"拼死"的决心奔跑而已。不论获得多少奖金、多少头衔,都无法改变它们作为纯种马存活于世的本质——纯粹只是向着终点奔跑。

拼死——我终于意识到了昌次郎出的那道题该怎么回答。

对啊。拼死就是答案。

马是草食动物。草食动物在何时才会全力奔跑呢?

被肉食动物追逐的时候——换言之,感觉到有生命危险的时候。除此以外,马儿们从不会有认真奔跑的一刻。

赛马是人类擅自创造的游戏。马跟人类的游戏并无关系。

以极限速度奔跑的纯种马在赛场上时时刻刻都会感受到生命危险,至少昌次郎应该是这么想的,所以他不论输赢,都会对赛后的马说上一句"抱歉"。

让你感受到了生命危险,真抱歉。这才是昌次郎言语间的真意。

本该是睡觉的时间了,我的头脑却无比清醒。我心想,把一切都写下来吧。写下昌次郎的故事，写下"莱蒂西亚"的故事，写下"一道光"的故事，写下"特别周"的故事。

众马各就各位，一起开跑！

脑海中播放着实况解说，我摊开了稿纸。

（吴曦　译）

参考文献：

别册宝岛编辑部编《打造"特别周"：德比赛马的生产、调教及赛事》，宝岛社，二〇〇〇年。

武市银治郎《富国强马：从马窥见近代日本》，讲谈社，一九九九年。

辻谷秋人《马为何奔跑？：简易纯种马学》，三贤社，二〇一六年。

本村凌二《赛马世界史：从纯种马诞生到21世纪的凯旋门大奖赛》，中央公论新社，二〇一六年。

立川健治《马票随文明开化而舞：日本赛马的诞生》，世织书房，二〇〇八年。

时光之门

啊，慈悲的王啊！能瞻仰到您的尊荣，实属三生有幸。本人受哈泽之引导，从远方而来。我本应报上姓名，可这需要数夜来讲述的漫长故事，将在报出我姓名时即告终结。

特地将我传唤到这熊熊业火之中，王莫非有某个宏伟的夙愿？当然，以我的粗浅见识，想必无法理解拥有一切的王还渴望什么。不，恐怕就连您自己都不一定知晓。啊，勇气与知性的王啊，请原谅我的随意揣测。王就算不明白自己的愿望为何，也无伤大雅。因为我能赠予王的，也只有一件宝物。没错，就连身份卑微的我，也能借助"时光之门"的力量，从这逼仄窒息的地底世界，将宝物进献给王。说它是"门"，实际上并不是物理上的门。它终究只是一种概念。

本来还有诸多事情想要讲述给您听，但此处既有难得一见的毒药、枪支，我又早已享用过最后的晚餐，时间确实有限。就让我立即开始诉说打开"时光之门"的真相为何。现如今，真相已经少之又少，世间被太多的谎言所充斥。让我们从探讨其中最大的谎言开始这个故事吧！

这个谎言便是"未来可以改变"。

我谈论的并非宿命论。我想表达的是，不论这个世界的命运是否事先注定，我们都无法改变未来。假如说伟大的"主"利用其神力，定下了世界的命运，那么未来当然是无法改变的。另一方面，假如未来的命运是不确定的，那么从更坚实的意义上来说，未来也是无法改变的。为什么呢？因为在那种情况下，未来是根本不存在的事物。"改变"是指将既有的事物变化成另一种状态，而就算我们拥有神力，也无法改变本就不存在的事物。

您是明察秋毫的王，想必已经明白我想陈述的事实。没错，如果我们能够改变什么，那并非未来，而是过去。过去已经存在，而一切存在都可以改变。王所拥有的未来已经不多，但那绝非问题所在。未来不足为惧，因为这世间的真髓尽在"过去"这片丰饶的大海之中。

男子痛失珍贵之物的故事

啊，慈悲的王啊！自我初次觐见之日以来，已有些时日未曾来到此地。今宵乃是王面对世界首次宣告胜利、值得纪念的一日。这场胜利之后，王将从一个纯粹拥有帝王资质的人，蜕变为掌控历史与秩序的东法兰克之王。

言归正传，今日要讲述的是某位男子失去珍贵之物的故事。尽管这个故事听上去与这庆贺的气氛格格不入，但因为王在此刻已经拥有了宝物，能对它更有体会。在"过去"这片宽广的大海中，就有这么一名可悲的男子。还请您怀着怜悯之情，静静听我道来。

在正式讲故事之前，我必须先说一件重要的事。在两千多年前，古希腊曾有一片殖民地叫作"埃利亚"，那里出了一个叫芝诺的人。芝诺因留下四十个悖论而闻名于世。其中有四个经哲学家亚里士多德流传了下来。我们就先谈谈其中第三个"飞矢悖论"吧。

归根结底，悖论是什么呢？世界上对此有无数解释，而我个人想将其定义如下："从看似无误的前提及正确的推论，推导出有悖于常识或道理的结论。"恕我多嘴，按照这个定义，"时光之门"无疑就是一个"悖论"。

闲话休提，让我们回到芝诺的话题。他想出了一个前提："不论是什么东西，只要在某个瞬间占据了一个位置，它就是静止的。"您怎么看？听上去是个挺像那么一回事的前提吧。

依据这一前提，芝诺进一步展开思考。箭矢在飞行的时候，不论在哪个瞬间，都占据了一个位置，因此，当箭矢在飞行时，不论在哪个瞬间都是静止的。而箭矢飞行的时间，建立在无数个瞬间的叠加上。于是乎，芝诺从前提推导出了下面这个结论：

"箭矢在飞行时恒为静止"。

既然飞行中的箭矢在各个瞬间都是静止的，且每个瞬间的情形完全相同，那么飞行中的箭矢就可以说是静止的。

啊，慈悲的王啊，请您不要露出这样的表情。飞行中的箭矢竟是静止的，确实是一件咄咄怪事。然而它的前提和推论听上去都没有错。这就是一个标准的悖论。那么，这个悖论为什么会被推导出来呢？它到底错在了哪里呢？

出生于马其顿境内斯塔基拉的哲学家亚里士多德，提出了"时间并非瞬间的叠加"来反驳这个悖论。不管让多少个点集合起来，都无法变成线。与此同理，瞬间就好像没有长度的一个点，不论聚集多少，都生不出时间来。这就是亚里士多德的思路。

您觉得如何？听上去也是个正当的反驳吧。

但是，如果我们接受了这个煞有介事的反驳，就会有更加古怪的现象浮出水面。如果按照亚里士多德所说，时间并非瞬间的叠加，那么时间就应是具有长度的持续状态在不断往复中形成的。换言之，我们所认为的"现在"也会具有长度。既然"现在"有长度，那就代表着"现在"包含了"过去"与"未来"。

我们的"现在"是否真的包含了"过去"与"未来"呢？

在某种意义上，我们甚至可以说正是如此。我们回顾过去、遐想未来的时刻，不就是"现在"吗？所以我们大可以认为现在就包含了人们对过去与未来的念想。只不过，我想说的矛盾并不是这层意义上的，问题的关键在于：现在、过去、未来是同时发生的。

目前，我对这个矛盾的解答是"时间并不存在流动"。关于这个答案有什么含义，它是如何解决矛盾的，您迟早都会明白。如果您还没有听懂，那也不必对这个矛盾太过介意，因为忽略也是解决矛盾的一种手段。

"时间并不存在流动"到底是怎么一回事呢？

当被问到"请想象一下时间的流动"时，我们会想出什么来呢？可能会是川流不息，可能就像时钟的走动，也可能是某个人成长、老去的模样。但这些都只是特定的物质或空间，并非"时间的流动"本身。没错，我们只能通过物质的变化来想象"时间的流动"。正如法国哲学家伯格森指出的那样，我们是将物质变化背后的虚妄概念理解成了"时间的流动"。

如果说"时间的流动"是一种假象，那么"过去"又该作何解释呢？大多数人都认为"过去"必然存在且不变。然而，那不变的过去究竟存在于何处，又该如何进行确认？

我坚信，它就存在于人类的精神之中，也就是说，"过去"是人类在审视自己的精神时才会显现的假象存在物。而能够操控这种假象存在的工具便是"时光之门"。

引子有些长了。若套用世俗的时间，那是发生在过去的一件事。有个以绘画为生的男子曾追寻过"时光之门"的力量。他曾经一边挥霍父母的遗产一边绘画，但始终不见起色。这个男子唯一的兴趣就是去歌剧院看戏，他将鉴赏歌剧当作慰藉，借此排解贫困生活的苦闷。

某一日，男子如同往常一样去歌剧院欣赏歌剧，正看着戏，却感觉到有某种液体泼洒到了自己的大腿上。大腿上散发出异臭，而歌剧渐入佳境，不能闹出动静，况且剧院昏暗，也不知发生了什么。男子慌乱之时，耳畔传来一位女士伴着痛苦呼吸声的话语："对不起。"男子小心地调整姿势，避免液体沾到座位，问道："您怎么了？"

"我身体不太舒服……"

原来洒在男子大腿上的是女士反胃的呕吐物。一向自诩绅士的男子，以殷勤的态度将女士带到了歌剧院外。他心想，反正是第五次看这出歌剧，情节早已了然于胸，中途退场倒也无所谓。

这位女士比想象的更加年轻，圆鼻子，嘴角稍稍有点歪，并不算是个美女。可莫名其妙地，她很讨人喜欢，男子觉得她甚是可爱。不知是身体确实不适，还是足够信赖男子，女士的整个身子都靠了过来。男子扶起女士的腰，一起走到了附近的医院。途中，当女士说想吐的时候，男子还领她去了小巷，抚背照料了她。那是男子第一次触碰家人之外的女人背脊。她的背脊无比顺滑，还带着微微的玫瑰香水味。男子甚至开始觉得自己大腿上黏糊糊的呕吐物闻起来都不那么糟糕了。

男子把女士送到医院后，没报姓名就离开了。他认为这么做显得更有绅士气度。但从那天开始，就连绘画的时候，他也会时常想起扶过腰、抚过背的那位女士。男子想把这位女士画出来，却又因为不擅长肖像画，总是画不好，只有动笔到一半的草稿堆满了画室。即便如此，男子依旧天天往歌剧院跑。他期待着还能和女士再见一面。歌剧开演之前，他会环顾观众席，演出时依然会在黑暗中凝神寻找。散场后，他会漫无目标地在歌剧院前踱步，期待着那位女士从眼前路过。这已经成为了他的每日例行公事。有一次，一位气质相仿的女士路过，令男子的心怦怦跳起来。他满心想着，该用怎样的语调向她打招呼呢？还是等对方主动来打招呼呢？然而，当他鼓起勇气站到女士面前时，却发现是一个截然不同的陌生面孔。

男子坚信那位女士能和自己发展出一段亲密关系。他感到自己和女士之间有一种命运般的联系。为了让自己对与她之间的联系更为自信，男子编造出一套套歪理邪说。其中有这么一条——俗话说，男女想要亲密无间，就必须推心置腹，看看彼此的肚子里装了什么，而他与女士在结识之前，就已经见过她肚子里装的东西了。因此，他坚信两人在重逢之前就注定有一段情缘。男子的歪理和从歪理导出的推论都错到家了，但中了恋爱魔法的他，对此丝毫不以为意。

那么，这名男子是不是再也没见到女主角，一片痴心就此无疾而终了呢？不，故事还没完。在这座大城市中，他终于找到了那位女士。

再次见到女士的身影，已经是在歌剧院邂逅大约四个月后。那天，男子把委托绘制的画卖给了一个犹太画商。其他画商对男子不屑一顾，只有这位画商还在继续收购他的画。

男子走出画商的店铺时，恰巧有人往店里走，正是那位女士。

立刻察觉到对方的男子，照着他设想过许多遍的情形，举止自然地在女士面前站定，打量了一下她的脸庞。绝不可能忘记，毫无疑问，就是记忆中那张惹人怜惜的脸庞。女士与身体不适的那天大不相同，带着几分欢愉，嘴角笑盈盈的。很遗憾，女士并没有注意到他，径直走进了店里。

让男子大感绝望的是接下来一个瞬间。女士称呼画商为"亲爱的"，而画商则以"我的宝贝"来答应她。居然有这等巧事。女士正是画商的妻子。

听到这里，男子为何使用了"时光之门"的力量，应该已经不难想象了吧。男子坠入爱河，又因为得知对方已经名花有主，伤心不已。这是个随处可见的老套故事。

但是，这位男子可不是随处可见的寻常男子。他的伤心并不单单是因为失恋。他为失恋而伤心，更为自己因此痛哭流涕的软弱本性而伤心。拜访"时光之门"的大多数人都会许愿让不顺遂的恋爱从头再来一次，但男子的愿望并不是这样。他的愿望是，让关于那位女士的一切过往都不复存在，并且将自己抹掉过去这件事也彻底抹除。

改变过去需要好几个步骤。步骤越多，需要付出的"代价"就会越大。"抹除"这一行为在不同情况下，步骤或多或少。按照这位男子的情况，需要执行的步骤很少，所以

"代价"也不怎么大。

男子接受了"代价",使用了"时光之门"的力量。于是,他与女士之间的过去被"抹除"了,并且他抹除过去这件事,即穿过"时光之门"的过去,也被"抹除"了。

放贷男子与半人马的故事

啊,慈悲的王啊!从此前觐见您之后,又跨过了许多时日。今日恰恰是王痛失心爱母亲的日子。王从今天起,直至死亡的瞬间,都未流过一次泪。我对此知之甚详。与此同时,因改变或抹除而被埋没的诸多过去的片段中,我见过王无数次流下眼泪。劳燕分飞之时、挚友反目之时、宠物夭折之时,或是被艺术感动之时,您流过许多眼泪。然而,王将这些过去全都改变了,今后也必定会继续消除自己的泪水。每一次示弱,都会让您变得更强,日后必将登上王座的年轻的您,不妨把这句话暂且安放在内心的一角。

上一次见到您是什么时候呢?

用世俗的时间来算,恐怕应是二十多年后您获得第一场胜利的夜晚。这么说来,上次见面的时间仿佛是未来之事。凭这些只言片语,您或许已经能体会到"时光之门"的力量有多么巨大。但"未来"其实不存在，这只是过去的故事。不论上次还是这次，只要从那个在地下室度过的夜晚来观测，二者皆为过去。

正如我此前讲述过的，时间的流动是非常不确切的。我们在精神之中培养出了"过去"这种假象。这件事也已经提过了。

精神是非常抽象的概念，接下来说得更具体一些吧。被我们认识为"现在"的假象存在于大脑的右侧，而被我们认识为"过去"的假象存在于大脑的左侧。当我们使用"时光之门"的力量，开始一段向过去回溯的旅程时，大脑之中会发生什么呢？

很遗憾，我们的大脑对现实的篡改非常严重。假设我们眼前发生了一场爆炸，爆炸声传递到大脑的时间与光到达大脑的时间有相当大的差异，可大脑会将它们认识为"同时"，我们在实际上也是这么想的。类似的现象也会发生在回溯的旅程中。假设我们在 B 时间点改变了 A 这件事情，使其变成了 A'。我们实际体验的顺序是"A → B → A'"，左侧大脑却将其篡改，让我们把 A 和 A' 判断为同一件事，并将顺序认知成"A' → B"。如此一来，我们就会失去经历回溯的认识，也失去了 A 这个原本的过去事件。"时光之门"可以利用这种强大的编辑功能，轻而易举地篡改特定的过去。

另外，能在无意识间编辑时间序列的时空统治者，是一个叫作"海马体"的部位。想要使用好"时光之门"的力量，不仅要逃离这位统治者的手掌心，还必须巧妙地利用它。海马体是个难缠的敌人。因为它不光会自作主张地整理所有事件，还决不留下整理的记录。但是，只要巧妙地引导这份能力，就能让它成为异常强大的帮手。

好，今晚起，我们就要踏上第一级阶梯，学会逃离"海马体"的控制，并反过来控制它。先把结论说在前面吧——海马体会编辑出故事来，而逃离"海马体"监视的重点在于"细节"。

某个镇上有位叫奥本海姆的男子，以放贷为生。奥本海姆在大城市做生意赚了钱，结识了当时正在上学的妻子，后来结了婚。但他们在城市的生计差点惹上了政治问题，无奈之下，二人只得出国，来到妻子的故乡生活。奥本海姆决定在那个小镇上做个放贷人。他居住的镇上有个古老的传说，认为双胞胎婴儿是忌讳。外地过来的奥本海姆对镇上的传说深感怀疑。因为忌讳双胞胎的想法本来就很蹊跷，更别说镇上还有将刚出生的双胞胎婴儿拦腰斩断，并抛弃到森林深处的残酷习俗。但是，他的放贷对象大多是镇上人，若是谈及对传说的疑惑，恐怕会丢了客户。奥本海姆对这一残酷的习俗心存芥蒂，也怜悯那些牵连进去的人，而每隔几年镇上就会有一对双胞胎被腰斩并抛弃到森林中，他并没有挺身说过一句话。

这位奥本海姆终于到了有孩子的那一天。

没错，故事的情节不出王之所料。奥本海姆的妻子分娩出了一对双胞胎。妻子的双亲对小镇的传说深信不疑，即便是亲生女儿经历钻心腹痛生下的婴儿，依然命令医生将双胞胎腰斩并抛入森林深处。妻子的想法与奥本海姆一致，也反对残杀婴儿。曾体验过都市生活、知晓镇上习俗并非普遍现象的妻子，无法接受亲生骨肉死在自己眼前，坚持认为传说只是迷信。

妻子的双亲对女儿和奥本海姆怒不可遏，说：“你们才是把灾厄带到镇上的叛徒。”他们用污言秽语把女儿骂哭了，甚至说出"把你们也就地腰斩了"这种话。已经开始准备对婴儿痛下杀手的医生也附和道：“你们如果不服从镇上的规矩，为了维护镇子的威严，没办法保证你们的人身安全。”

奥本海姆苦恼至极。妻子因打击太大而晕了过去。本就是刚分娩完的弱体，又加上来自父母的污秽辱骂，想必是心痛欲裂。若是妻子醒来时再遭遇失去亲生孩子的重创，必定会伤得更深。奥本海姆想到这里，决意带上双胞胎逃跑。

但他的逃亡失败了。镇上的规矩就是如此深入人心。

发现了奥本海姆的小镇居民，从他手中夺走了双胞胎，转眼间就实施了腰斩。奥本海姆被烫上"叛徒"的烙印，勉强捡了条命。

奥本海姆根本无计可施，因为双胞胎已经死了。他憎恨妻子的双亲，也憎恨镇上的居民，但孩子们已经回不来了。奥本海姆在被腰斩的双胞胎抛尸处造了个墓，与妻子一起离开小镇，在大城市从头来过。大城市的生活更令人窒息，但比起心灵的安稳来说，这些苦不算什么。他每年只回小镇一次，那便是双胞胎的忌日。他会请假前往森林深处的墓地，忏悔自己的罪行。

在那之后，又过去了三年。失去双胞胎那天以来，他与妻子的关系并不能说已经修复如初，但在日复一日中渐渐回到了平稳状态。两个人开始从绝望与悲伤的深渊中爬了出来。在这样的日子里，他们俩又有了一个新的孩子，这回并不是双胞胎。每日的生活很是繁忙，还必须让新生命感受到爱，奥本海姆转变了念头，觉得不能永远都被过往的经历所束缚。

也正是在那个时候，他知晓了"时光之门"的力量。他与妻子一开始考虑过回到双胞胎去世前,但那么做会让此刻腹中的生命消失无踪。不论怎么做,都无法一同拯救三个孩子的性命。他们苦思冥想之后,决意将双胞胎被腰斩的过去"抹除"。尽管"代价"非常大,但"抹除"成功了。如此一来,随着深深插在他们心上的尖刺被消除,在妻子的故乡痛失两条生命的过往也随风而去。

第三次忌日越来越近时,奥本海姆察觉到内心中仿佛有一个空洞。过去错综复杂地交织在一起,又彼此支撑起过去的过去。"抹除"并不够完美。关于双胞胎的过去确实被"抹除"了,可他们曾在妻子的故乡生活过的经历,与厌恶故乡回到城市的经历,并没有被遗忘。他依然记得自己每年会因为某个理由而造访森林深处的墓地。

奥本海姆在忌日前,仿佛被什么指引着离开了大城市。他从大城市来到附近的小镇,傍晚就向森林进发,并以比平时更虔诚的姿态,在墓前向"主"祷告。

夜幕低垂,两支蜡烛上的火苗飘摇着映照出焰影。奥本海姆连自己为何要祷告都一无所知,似乎忘记了什么重要的事,只有这思绪飘浮在黑暗中。

就在那一刻,奥本海姆见到了"那个"。

他在烛光后面见到了半人半兽的幻觉。奥本海姆心想,这幻象恐怕是天上闪耀的半人马座在自己内心空洞中投射出的错觉，便闭上眼睛继续祈祷。

然而，闭上眼睛后幻觉并未消失。

半人半兽的幻觉看来真的与奥本海姆的内心空洞存在某种关系。可是已经完成"抹除"的他无从知晓空洞究竟为何物。他向半人半兽的幻觉伸出了手。

恕我冒昧，故事就到此为止了。恕我不逊，还想向王提出一个问题：

奥本海姆见到幻觉的翌日，是一九三二年七月三十一日。当天的德国联邦议会选举上，他给纳粹党投票了吗？

百战百胜男子与失无所失男子的故事

这回，我再一次来到了这个没有窗户的地下室。这间小小的会议室常年阴湿昏暗，却没有人说想晒晒太阳，实在令人匪夷所思。对我来说，时间只是一种假象，值得信仰的只有亘古不变普照一切的太阳光。所以，在这个没有朝夕的封闭房间里，我失去了判断自己身处何方的基准，仿佛置身于朦胧的地狱深渊中。

坦率地说吧。

这个地方并不适合长谈。是的，没有阳光只是次要原因。关键的问题在于，此处有众多男女，既有惊惶失措者，也有冷静沉着者。当然了，我并不是说他们的存在，或是他们的声响或喘息，会干扰到我的话语。我所担心的是您与他们的邂逅、共同度过的日子，不论在永远或是一瞬间的尺度上都会带来感知，以"混乱"的形式给"现在"带来影响。如此一来，您的心中会长久地留下一个疑问："应该如何区分永远与一瞬间呢？"您正在接近问题的答案。而您究竟是已经得到了答案，还是会在接下来得到答案呢？听了今晚的故事，您必定心中有数。

从前在此地与您相见时，多半已经品尝过最后的晚餐，几乎没剩多少时间了。而今晚我们还有一些富余，就让我缓缓道来吧。

首先，我要稍稍提及一下"时光之门"的事。

您想让自己的房间变红时，会采取怎样的方法呢？第一种自然是将房间粉刷成红色。这是最平易近人也最切实的方法，然而它的缺点是费时费力。第二种是给房间里的灯罩上红色的磨砂玻璃。相比第一种方法，它既不费时也不费力，但与第一种方法一样需要相应的工具。

第三种方法是将自己的眼球捏碎，让血把视野染红。这种方法既不需要工具也不耗费时间。可是它最大的缺点就是——不光是房间，一切的事物都会被染红。

用"时光之门"改变过去的方法，其实与这"红房间"有异曲同工之妙。准备好各种工具，将过去仔细地粉刷成另一种颜色，便对应了第一种方法。使用特殊的装置将过去变成其他形态，对应了第二种方法。不耗费时间也无需工具，将包括现在与未来的一切在内彻底改变，对应了第三种方法。第三种方法纯粹只需要通过操纵大脑来实施。将感知"现在"的右脑功能与整理过去的海马体功能彻底重组后，不仅能消除过去与未来的边界，还能将过去与过去的边界打破。这是怎么回事呢？我们一般认为过去是有顺序的，而现在处于顺序的延长线上，通过改变整理顺序的功能，我们便能将未来感知为过去，将过去感知为未来。就好比将眼球捏碎，让视野染成红色那样，我们就能不可逆且永久地飘游在不稳定的时空中了。

接下来，就给"奥本海姆有没有给纳粹党投票"这个问题对答案吧。在那个故事之后，若是用世俗的时间来计算，恐怕已经度过了三十余年。对王来说，或许只是弹指一挥间。您有可能已经不太记得那是怎样一个问题了。

也许有人会想，奥本海姆因为深陷绝望与恐惧，甚至见到了半人半兽的幻觉，怎么还有余力在翌日进行投票呢？这样的答案纯属臆测。奥本海姆的确已经憔悴到了产生幻觉的地步，但他也有可能凭借"抹除"过去得到的坚强意志来完成投票。

啊，慈悲的王啊，请不要露出这样的表情。您明白了什么，不明白什么，我全都知道。正因您是一位贤王，您已经从奥本海姆这个名字、放贷的职业和使用两支蜡烛的安息日仪式等细节，推测出他是个犹太人了吧。而犹太人是不会给纳粹党投票的。

但是这个答案也存有漏洞。首先，奥本海姆是犹太人，这本身就不过是一种臆测。不仅如此，犹太人也不见得绝对不会给纳粹党投票。会这么做的犹太人恐怕没几个，但我们无法断言绝不存在。臆测在臆测之上层层叠加，就会让现实消失在遥远的雾霭之中。

对于我提出的这个问题，有一个斩钉截铁的答案。

男子在选举日的前一天，看见了半人马座。半人马座只能在南半球观察到，换言之，妻子的故乡应该位于南半球。在第一次世界大战中落败的德意志，并未拥有过南半球的领土，而以一九三二年的技术，没有任何能在一天内回到德国本土的手段。所以，奥本海姆不可能给纳粹党投票。我们从妻子的故乡在南半球这条线索也能进行种种揣测，但都与答案没关系。更夸张一点地说，那个故事中所暗示的人生教训，与问题本身也没关系。

我精心提出这个问题，就是为了让王理解，细节比什么都重要。

如果对细节进行更仔细的考察，就会发现奥本海姆使用蜡烛进行的仪式并非犹太教仪式。因为一九三二年七月三十一日是星期日，它的前一天是星期六。虔诚的犹太教徒不会在星期六举行安息日仪式。实际上，奥本海姆是个还没更改教名的改宗换派者。他因为结识妻子而舍弃了犹太教。

画蛇添足了。故事的后话可有可无，这些信息也全都与问题毫无关系。这件事告诉我们，故事的要点，或者说支撑故事的脊骨并不一定处于显而易见的位置。只要是与"时光之门"沾边的事，不论是过去自行变化，还是被人为改变，这些事实都称不上是脊骨。

脊骨只藏身于细节之中。只有这些细节，才能够刺痛更改过去者的心。

而这才是我反复强调过的"代价"。

啊，慈悲的王啊！自从王登上王座，就总是没有时间。而王拥有时间时，却尚未拥有地位。改变了过去的王啊，被细节所伤。被"代价"所折磨的王啊，见到您的强大、您的弱小、您因强大与弱小而犯下的滔天大罪、您为消除罪业而生出的无数矛盾细节，我甚至不禁潸然泪下。我为被您舍弃的这个世界的每个角落而感到怜悯，泪流不止。然而，纵使您拥有伟大的地位，或是使用"时光之门"的力量，也无法改变某件事物的"速度"。正如您所知，存在于这世上的一切事物都具有速度。我不想再把芝诺的故事老调重弹，但就算是静止物也存在"0"这个速度。

它就是"时间"。一秒必定会在一秒之间流逝。听上去似乎很愚蠢，但切莫忘记。在一秒之间是不可能经过两秒的。您在临近死亡那一刹那的祝福时刻，或许会希望它能永远延续下去。但是，"时光之门"并不能拉长您的时间。"时光之门"能做到的仅仅是扰乱时间这一假象，将您放置到无限的过去之中，仅此而已。

有点跑题了。我想说的是，时间是有限的，而想要改变有限时间中的速度也同样是不可能的。

今晚要讲述的是两位男子的故事。其中一个是被胜利之神附身的男子，而另一个则是不断失去珍贵事物的男子。

被胜利之神附身的男子，就是那个画家。

曾以绘画为生的男子开始立志当一个政治家。他没有绘画的才能，却有些演讲的能力，况且"时光之门"的影响使他能对一切谬误都毫不怀疑，并将谬误认定为唯一的正解。他策划了一次政变，失败后被关进了监狱，但他并未试图"抹除"这段过去。相对地，他将自己失败的画家生涯篡改了，并将其归咎为教育制度的责任。男子出狱后取得了第一次胜利，成了王，增强了权力。为了拓展生存范围，他推进了驻军与吞并领土的政策，而那又发展成了战争。

想必王早已了然，将战争区分为胜利或败北的想法不过是幻想，因为能以双方都认可的形式宣言胜败的审判，在这世上并不存在。

男子深得其中门道。他使用"时光之门"的力量，将败北变为胜利，捏造出不存在的阴谋，并将不利于自己的现实抹除。当这种手段迎来大限时，观察过去的"眼睛"本身就已经变了。透过他的眼睛，就能将败北看作胜利，将失败看作成功，并将谬误的主张认作正确的观点。但是，对"眼睛"的操控也是有极限的。

男子最终改变了"释义"。战场上的"胜利"这一目的变成了更为崇高的"终极胜利"的一部分，到了后来，目的甚至变成了"战斗到最后"。他将失败推给部下或其他民族，并坚信正确总属于自己。与他的想法相矛盾的过去，已经全都被抹除或改变。于是乎，男子通过利用"时光之门"的力量，百战百胜到了最后一瞬间。

再聊聊另一个不断失去珍贵事物的男子吧。

这个男子因为政府的施压做不成生意。他无可奈何地去其他城镇开始了新的生意，也不怎么顺利。他经朋友介绍就任了公职，却因为新的法律而被解雇。孩子被学校强制退学，驾照被强制剥夺，不仅如此，连汽车都被没收了。战争开始后，他和兄长一同被迫移居国外，那里的犹太人聚居区流行着传染病，兄长因此丧命。兄长死去的时候，"大屠杀"开始了。即便是流放也有期限，找不到庇护所的犹太人将会被屠杀殆尽。

然而，在如此境遇下，男子依然没丧失希望，因为他还有妻子和孩子。尽管战争全都是"胜利"的，但气氛已经开始逐渐转变。政府一意孤行，为了"灭绝犹太人"这一"最终解决方案"，对犹太人实施了持续的屠杀。虽然男子已经改宗换派，但他绝无可能容忍这种主张。

最终，他的孩子也被残杀了。男子的妻子陷入绝望，上吊自杀。

男子无法逃离这境况，只得决意仰仗"时光之门"的力量。他要改变过去，并由此改变现在，创造出未来。

可这种层次的改变，并不像抹除过往的失恋那样单纯简明。要在男子身处的困境中改变过去，"时光之门"会要求付出更多"代价"。

改变"战争"或者"政府"的过去，不是一件易事，因为它们与形形色色且数量繁多的过去连接在一起，仅基于一个过去事件来抹除"战争"或"政府"，就会因为连锁反应而使得其他过去事件，乃至无数细节发生前后矛盾的不协调。为什么会被迫去捷克生活呢？为什么儿子会被杀呢？即便再改变"儿子被杀"的过去，也会发生同样的矛盾。为什么妻子会自杀呢？如果进而改变妻子自杀的过去，那就无法解释妻子为什么不在男子身边，且未来永不会出现的现象。

为了改变这些过去，"时光之门"提出的要求是——捏碎眼球，也即抹除"现在"。感知"现在"的元凶乃是右脑，他必须停止右脑的处理功能，并将功能的一部分转让给掌管过去的海马体。如此操作的"代价"有多大呢？他的整个时间序列都会被打乱，他将会永远漂游在无秩序的过去之海中。但男子依旧做出了这个选择，他决定活在时间与空间都无法区分的无限之中。

男子身上的"时间流动"彻底消灭了。

没有未来也没有过去。不论在何时何地，记忆挥之即来，呼之即去。在男子心中，幸福与绝望混作一团，已经无法分割开来。

啊，慈悲的王啊！也许称呼您为我的元首更为妥当。苏联红军已经逼近柏林境内，您的时间所剩无几。正因此，您才会试图让时间回溯吧。

那个失无所失的男子，其实就是我。而追求胜利到最后一刻的您，也终会漂游在这无限的过去之海中。倾慕歌剧院所邂逅女士的男子，消除了关于那位女士的记忆与为失恋而流泪的记忆，心中只留下精神面的强悍与对女士的丈夫——那个犹太人的憎恶。每当男子直面自己的软弱时，他就会改变过去，为了消除更改后的过去所招致的矛盾，他产生了过激的思想。而那种思想最终夺走了我的儿子和妻子。

您听明白了吗？夺走我爱妻的，就是您。

当我初次见到您时，您还只是个能言善辩的落魄画家。即便如此，我还是购买了您的画。因为我对失去家人的您深感怜悯。您的画根本就卖不出去，但我并不在意，因为我是为了您才买那些画的。当然了，您对我的妻子心生爱慕，又为获得心灵的强悍而抹除过去之事，这些我一概不知。但如今看来，令我失去一切的间接原因之一也正是此事。这是何等的讽刺啊！

哦，可怕的"时光之门"啊！

此时的我正在对一个男人实施复仇，而这场复仇看似已经完美成功。"时光之门"赋予我的代价，实在太过巨大了，我甚至已经无法死亡。

请不要将复仇也从我手中夺走。请不要说这个故事只是我的大脑所营造的假象。我打开了另一个男人的"时光之门"。他已经无法使用事先准备好的毒药和枪支，只能永远活在没有时间的、名叫"永恒胜利"的过去之海中。

啊，慈悲的王啊！您就算想要逃离这个人世也已经不会被容许。因为听过我的故事之后，您对时间的概念已经彻底改变。您勉强维系着的假象，或者说"时间的流动"，已经消失殆尽了。您不可能抹除这个故事了，因为最重要的并不是故事的大框架。从今往后，在这个故事中所布设的无数细节将恒久地刺伤您的过去。而我讲完故事的一刻，也意味着"时光之门"将完全敞开。

"请不要让故事结束！"就算您如此央求也无济于事。因为我该说的只剩下最后一句了。

让我们将故事彻底收尾吧。

确信一切，并将永恒的胜利收入囊中的王啊，告诉您我的名字吧，我名叫奥本海姆，还望您从今往后，能永远将我放在心上。

（吴曦　译）

参考文献：

威廉·庞德斯通《悖论大全：世间奇妙悖论谜题集》[1]，松浦俊辅译，青土社，二〇〇四年。

---

[1] 这本书原名为 Labyrinths of Reason：Paradox，Puzzles and the Frailty of Knowledge，中文译本名为《推理的迷宫：悖论、谜题，及知识的脆弱性》（中信出版社，2005）。

天籁之音

1　德尔卡巴欧

船驶入水蓝色的浅滩后,终于能看清德尔卡巴欧岛的全景了。我早就知道这是座很小的岛。沿海居民们的高脚式房屋排成一行,每间屋子都涂装得五颜六色。尽头有红树森林,建在森林旁的红色小屋里,有孩子们隔着小窗望向这边,指指点点在说着些什么。

"我还没问你叫什么名字呢,"开船的男人说着一口流畅的英语,"我叫罗布。"他伸出手来。

"大河[①]。"我也伸出手,与他握手。

"大河?"

"是的。"

"这名字不错,"罗布笑着指了指西边的海滩,"那边是海滩,现在满潮所以很窄,到晚上就宽敞多了。"

罗布说的每一句话,都有着清晰的音阶,仿佛像在听他

[①] 日语名"大河"发音为Taiga。

唱歌。我把想法告诉罗布，他回答说："语言和音乐都是一样的——都有一个个零件，组合起来就产生含义了。"

"同感。"我点点头。

据说罗布十二岁时出岛，放弃了卢迪亚族的身份。简单来说，只要使用金钱买过什么东西，那一刻起就已经失去了原住民的资格。罗布说他在附近的大岛上第一次坐了巴士："付巴士车费的时候真是紧张死了，还想着这下全完了。"

"为什么是巴士？"

"因为我想听听各种引擎的旋律，"罗布说，"岛上顶多只能听见发电机或者船的引擎声。我很喜欢引擎的旋律。"

"那巴士的车费是怎么赚到的？"

"从岛上偷了干货出去卖。"

"那么，巴士的声音怎么样？"

"很无聊，根本不是我期待的那种旋律。"

他的英语好像是在附近的大岛上学的。现在的他就像这样，靠给观光客或者学者当口译来赚钱。他已经有了幢小房子，这艘船也是他的。能同时流畅使用卢迪亚族和英语进行对话的人，找遍全世界也只有罗布一个人。

船的引擎停了下来，站在船头的罗布用一根粗竿代替船桨，向岛屿靠去。沙滩旁停泊着几艘小船，他灵巧地躲闪着。我们的船缓缓向岸边前进。夹杂着波浪声，远处传来了似乎是小提琴的声音，是曼吉亚。

"身上没带机器之类的东西吧？"罗布问。我点点头："当然。"出港前检疫时，我已经把各类机器都上交了，还接受过宣讲：如果违规带上岛，会违反菲律宾政府的法律。

德尔卡巴欧拥有独特的文化，并存在维护文化的严格规则，但并不算远海孤岛，从高楼林立的宿务市坐船只需三个半小时就能到。听说由于要途经外海，我们所乘坐的小船无法直接开去宿务市，不过有从附近大岛出发的每天两班的定期船，还有去马尼拉的高速船。

水雾升腾，水滴反射着日光，让海面白闪闪的。右手边有片珊瑚礁丛生的沙滩。

"德尔卡巴欧是座很小的岛。东西方向步行十五分钟就到头，南北十分钟，一个小时就能绕岛一圈。"

这座岛上住着大概五百个卢迪亚族人。岛民生活基本自给自足。他们捕鱼、制作手工艺品，以及创造财富。

船停了下来。罗布放下锚，用绳子将船牢牢绑在树上，说了句"派出所在这儿"，就往岛内走去。我也登陆小岛，跟着罗布。

从沙滩出发，穿过一片被称作"战斗森林"的林木。这里除了有椰子树,还长了些其他的阔叶树,称作森林未免有点规模过小。阳光毫不留情地倾泻在我们身上。

有个身穿T恤短裤的男孩蹲在一旁,注视着地面,嘴里还哼哼着什么。我试着用了下罗布刚才在船上教我的词语"哈佳奥"。据说这个词兼具了"嗨""你好""谢谢"和"爱你"的含义,却并不特指任何一种单独释义。男孩讶异地朝我投来一瞥,说出了像歌曲一样的语言:"嘛咿呀,啦咿呀!"还重复了三遍。另一个女孩来到他身边,说出了更复杂的语言。他们俩就当我不存在一样,一边用当地语言交谈着,穿过我身旁跑走了。

港口位于岛的南面,但这岛的面积本就很小,我们很快就到达了东北角上的派出所。那屋子用了传统的水椰叶屋顶,中央区域都是通透的,一张吊床后方摆着八人座的桌子,桌子的更后方就是一整片沙滩。

"坐在那儿等我一会儿。"

罗布丢下这句话就不知跑哪里去了。很快,一扇挂着"办公室"字样吊牌的门开了,有个男人走出来,用英语说了句"哈喽""我是政府职员凯姆尼。您是……"

"我姓高桥,高桥大河。"

这里的派出所是菲律宾政府筹备的,兼具交通岗亭和招待所的功能。确认过我的护照,又在白纸上签过名后,凯姆尼捧出了一大叠文件。

"这里面写的是德尔卡巴欧岛上的本地规矩。我来简单说明一下尤其要注意的几点。一、请勿大声喧哗。另外,如果岛民对声音等表示出厌恶的情绪,请尽可能服从他们。二、水资源非常贵重,所以淋浴一天仅限一次,没有热水。三、岛上的厕所是淘取式的。虽然岛民不怎么使用厕所,但出于卫生考虑,还请宾客使用厕所。"

凯姆尼告诉我房间位置在哪儿之后,把我的护照和贵重物品都暂存了,接着领我到小岛南面的简易客房,然后他返回了派出所。这小客房和岛民居住的屋子一样,都是用竹片编造的高脚式小房。摆在中央的床铺挂着蚊帐,有两扇能吹穿堂风的大窗户。这里当然是不通电的,房间也没锁。

我放下行李,立即前往广场。广场上有个正在烤大虾蛄和龙虾的中年男人。一个年轻人来到他身旁唱了首歌。男人回答"米亚斯,莫伊巴"后,年轻人双手抱胸,即兴换了另一首歌。交易大概是已经完成了。年轻人得到了虾蛄,啃咬起来。

"想吃的话,你去唱首歌就行。"身后传来人声。原来是罗布。

"'米亚斯,莫伊巴'是什么意思?"

据说卢迪亚族的语言与塔加洛语[①]很接近,语法也几乎相同,但是词汇极其地稀少。

"意思是'那是我拥有的歌曲',是一首歌不能用来交易的时候说的话。"

"原来如此。"我点点头。

"去年来的英国人,用滚石乐队的歌把海鲜吃了个遍。"

"这种做法有点儿耍诈吧?"

"没什么问题。那个英国人已经付出了相应的价值,拥有了滚石的歌。他要怎么使用歌曲是他的个人自由。"

"但又不是他作曲的。"我反驳道。

"谁作的曲没什么大不了的,"罗布说,"音乐的存在才是最重要的。"

挺有道理,我差点被他说服了。譬如说巴赫的音乐,不论它属于巴赫还是任何一个人,都拥有令人感动的力量。

"对了,大河,你到这座岛上是来干吗的?"

"来听某段音乐。"

"什么音乐?"

[①] 塔加洛语是菲律宾的官方语言之一,属于南岛语系。菲律宾语是以塔加洛语为基础而发展出的。

"据说被这座岛上最富裕的男人拥有,从未被演奏过,是历史上最具价值的音乐。"

"祝你能听到。"罗布笑了。

2 东京

巴赫《平均律键盘曲集第二册》的旋律中,夹杂着一些不合曲调的蜂鸣声。那是时速超一百公里时车里响起的警报声。这警报声莫名其妙地踩在节奏上,仿佛是要参与到乐曲中来,让我很不舒服。傍晚的关越高速上挺空的,我却为躲开这警报声松开了一点油门。如果跟着超车道的车流,应该能更早一点回家。奈绪已经下了死命令,让我"早点回来",但我实在受不了这坏了似的警报声,决定把车速控制在九十多,在行车道上稳速前进。

也许是因为后座上堆了太多摄影器材,车子在强风中没了平衡,这辆二十几年寿命的卡罗拉使劲地摇晃起来。我甚至担心起车身会不会就此四分五裂。我自己的车去送修了,不得已才向母亲借来了这辆,既耗油,加速也慢,方向盘重得跟太空船舱盖似的。而它最大的问题是,当我向右转向时,仪表盘下的收纳盒会因为反弹力自己打开。我不知伸出过多少次左手，就为了把副驾上的收纳盒关上。我不经意间想起母亲当年坐在副驾时，也总是这样向前伸着左手。

今天拍摄的是大学的管乐部，除了莫扎特的《魔笛》有点稀奇之外，其他的选曲都很常见，有《星球大战》《唱，唱，唱》《迪士尼组曲》和霍尔斯特①的曲子。我没有管乐经验，但什么乐器在什么时候该演奏哪个章节还是大致知道的。乐曲也有自己的故事线，只需预测故事的进展就行了。当铜管的章节快要开始的时候，就需要提前把镜头对准铜管乐器。镜头必须牢牢地捕捉住主角闪耀的瞬间。

低音提琴女孩不知为何眼神总追着镜头，吹大号的男生胸口有一片酱汁的污渍。这都让人挺在意的，好在拍摄本身没出问题。说句心里话，我挺想今天就开始编辑视频，但多半是开始不了。回家还有蛋糕等着我，我的生日蛋糕。

我出生那天，行星探测器"旅行者2号"与海王星擦身而过。二十三岁生日时，"旅行者1号"脱离了太阳系。而今天，乐队演奏了《魔笛》。这都让我感到一种奇妙的偶然。

《魔笛》和《平均律键盘曲集第二册》都乘坐着"旅行者号"，去往了太阳系之外，在距离我们将近二百亿公里的

---

① 古斯塔夫·霍尔斯特，英国作曲家，代表作为组曲《行星》。

太空中遨游着。一九七七年发射的"旅行者号"搭载了一张唱片。那张被称作"金唱片"的圆盘上，刻录了表示地球和人类的图像、动物的鸣叫声、各种语言的问候，还包含长达九十分钟的音乐，其中就有《魔笛》和《平均律键盘曲集第二册》。"金唱片"的使命很简单，当在太阳系之外航行的"旅行者号"被地外生命体截获时，就能向他们传播地球的文化。

外星人能理解音乐吗？讨论这个问题前，还得先问问，他们有听觉吗？提议在"旅行者号"上搭载金唱片的那群人，想必认为音乐有着某种超越文化的普遍性吧。又或许他们只是在支持源自古希腊的一种思想——音乐即宇宙本身。

对我而言，音乐曾是整个宇宙。它最初出现时，是个永恒无垠的恐怖宇宙，后来，宇宙的形态变化成了世间的一切。现在又如何呢？音乐不再是宇宙，而是像个两室一厅的小屋子——它充满了现实感，还留有一点让人舒展拳脚的空间，已经没有不可理解或是看不真切的地方了。一切都很明确，一切都在触手可及的距离内。但这屋子里既没有深远的浪漫情怀，也没有揭示真理的事物存在。

为了上厕所，我开上圈央道，去了厚木休息区，买了新出的罐装咖啡。返回车内时，我注意到汽车音响里插着一盘卡式磁带。上次坐这辆车还是父亲的第三年忌日。那天，母亲劝我收几件父亲的遗物回去。小纸箱里装着日记本、名片夹、领带别针和唯一的一盘磁带。我在车里粗略地过了一眼，说"没地方放"，拒绝收留这些东西。事到如今，我已经完全不知道该如何面对这些遗物了。

于是乎，无处可归的纸箱就一直丢在后备厢里。现在这辆车里插了盘录音带，说明有可以播放它的装置。如果再加一条理由，那就是今天是我的三十岁生日。三十岁，我出生时，父亲就是这个年纪。我甚至觉得这是某种奇迹般的符号。父亲的那盘磁带，莫非就是等待着在这一天被播放吗？

我从后备厢中拖出纸箱。磁带悄然躲藏在日记本之间。它的外盒上没写任何标题，但是用来防抹音的塑料片倒是拆除得很干净，至少能知道它不是刚出厂的新品。这盘磁带里录了什么音，母亲表示"不知道"。当然，我也完全没头绪，甚至不知它是不是音乐。

父亲曾是个有点名气的作曲家。他作曲的一首《新月》还被用在了好莱坞的电影里。我四岁时，他抛开所有工作，突然去了菲律宾，之后有好些日子没回来。几个月后他回来时，宣称不再做作曲家了。父亲也不去找新工作，整日待在家里。某一天，他说要教刚满五岁的我弹钢琴。父亲给我下的练习任务残酷又严厉,孩提时代的我总是战战兢兢。但几年后,我彻底拒绝了父亲的斯巴达式教育,之后我就再也没跟音乐沾过边。家里所有的CD、唱片,还有乐器和乐谱,都被我处理掉了。我个人不单单是不再听音乐了,甚至不允许有人在家里谈论有关音乐的事。

我把手机上正在播放的巴赫暂停,打开了磁带盒。此刻我才注意到磁带标签上写着"For Taiga"。

"Taiga"当然就是我。父亲是给我留的这盘磁带?

我一头雾水地把磁带塞进播放器,按下播放按钮。里面说不定录了一堆把我骂得狗血淋头的话。当我宣称"再也不碰钢琴了"时,我不知挨了多少冷言冷语。当时我确实受伤颇深,事实上,自那以后,我真的一次都没摸过钢琴。

既然如此,他为什么又要写"For Taiga"呢?

不,他不会骂我的,我想。性质最恶劣的莫过于道歉的话了。"抱歉,其实我真的很想修复你我之间的关系。"万一里面录了这种话,我一定……

我至今都没有原谅父亲,就算他死后来道歉,我也没打算原谅。我一定会把磁带一折两段,然后用卡罗拉的轮胎把它碾至粉碎。

录音机好像还没坏,磁带发出吱吱的旋转声。高速入口的一段落差让车身摇晃了几下。在一阵无声之后，我听到了圆号的声音。

是音乐。

是我从未曾听过的交响乐曲。

多亏路上开始有点堵车，尽管是在驾驶中，我还是精神相当集中地听完了那首曲子。三分多钟的演奏结束后，就没声了。我生怕还有什么隐藏信息，一直仔细听到了最后，结果这盘磁带里真就只装了一首曲子。磁带停止旋转后，我又倒带，从头再听了一遍。

雄壮的圆号前奏搭配小号声的点缀，是一首悠扬从容的曲子。到中间有一段高潮，接着以平稳端庄的根音[①]收尾。没有音高的变化，结构非常简单，只是把舒缓的旋律重复了两遍。中途变调后变成八分之六拍的地方，算是有一点重音吧。我不由得产生一种礼貌又得体的印象，仿佛是在某所音乐大学接受过正规教育又喜爱古典乐的稳重青年，将自己的所有价值观都倾注进去才写出的曲子。

先把我的主观分析放在一边，这首曲子究竟是谁写的

---

① 根音是指一组和弦中的最低音，也是和弦的基础音。

呢？又是为了什么而写呢？是父亲写的曲子吗？还是说作曲者另有其人，只是父亲录下来了呢？

在我可辨别的范围内，编曲分别用到了圆号与弦乐、小号与小鼓、定音鼓，后一半的高潮部分也许还加了其他乐器。姑且先下这个结论吧。也许是因为音高的变化非常缓和，让人觉得这是一首本应有歌词的曲子，只是把人声去掉了。

只可惜旋律实在俗气。这是首以正统思路创作、但求无过的曲子，不可说不悦耳，但非要评判一下的话，并不是我喜欢的类型。

但是，不知为什么，我听完这首曲子后流泪了。它是首能让人感受到"音乐何以为音乐"这种温情的乐曲。这是录制下来的音乐，既然是录制的音乐，就代表着它可以被无数次播放或复制。这段音乐必然曾在某处被演奏过。存在于这个世界上的某个人，曾抱头构思过曲谱，曲谱又经由某个人被演奏了出来。听上去这是理所当然的事实，但这首曲子拥有让人联想起这些事实的力量。

我想，这就是强烈的爱。作曲家奉献出他对音乐的所有爱意，创作出了此曲。正因为这样，我才从这盘磁带里感受到了"音乐"的本质。某个人为了某种目的创作出的曲子，又被某个人演奏出来，我忍不住去想象这一连串奇迹。

透过这种"对音乐的爱"，我联想到的是，一轮巨大的夕阳在远处天空中逐渐西沉，有两个人依偎在一起，眺望着那轮夕阳。脑海中浮现的就是这般景象。与此同时，我开始思考，为什么我会从这首曲子联想到夕阳呢？

并不是我的眼前有夕阳在落下。太阳早就下山，整个天空已经暗沉沉的了。

用来代替汽车导航仪的手机应用告诉我，车子已经进入东京都。

听了好几次，想到的依旧是同样的光景。这首曲子给了我强烈的"夕阳"印象。有两个人，有夕阳，而其中一个人是——我自己，而且是孩提时代的我。欢乐的时光已经结束，那是宣告归家之时的夕阳。对小学毕业前的我来说，一天的结束就是下午五点。不管我和谁在哪里玩，五点的铃声一响，就不得不回家。这首曲子让我同时体会到了回忆的愉悦与欢乐时光结束时的寂寥。

当然了，特指"儿童"或"夕阳"的音符与旋律都是不存在的。

我一贯认为音乐在很多方面跟语言很类似。或者可以说，乐音代表单词，而音阶代表语法。但绝不会有特定音代表特定含义的情况。举个例子,我们不能说小提琴的"La#"就对应"大海"这个词。音乐是更加综合、复杂、模糊的概念。从音乐中萌生的意象大多仅仅是与个人体验结合在一起的。比如听到《仰望师恩》就会想起毕业典礼,听到奥芬巴赫的《天堂与地狱序曲》就会想起运动会。在追梦的青春年华听过的音乐令人心生希望,而失恋时听的音乐会唤起感伤。

我确信自己是第一次听到这首曲子。然而在我心中,伴随着远处天空夕阳西下的景象,一种无法言喻的感情和对音乐的爱都被唤醒了。

将所有音响、资料和乐器都处理掉的父亲,为什么要把这首曲子留在手中,保存到生命的最后呢?

我决定稍稍调查一下这首曲子。归根结底,它究竟是不是父亲写的?如果是,又是为什么而写呢?

下高速停车等红灯的时候,我在网上买了一台磁带播放器,明天应该就能到货。把磁带音源导入电脑,去掉一些杂音的话,也许能听得更清楚一些,从波形数据上说不定也能有些新发现。

小小的生日派对结束,吃完蛋糕后,奈绪来问我:"工作上遇到什么麻烦了吗?"

"为什么这么问？"

"我觉得你有点心不在焉。以前不是有一次摄影数据坏了吗？感觉你跟那次一样。"

那次的事，我现在回想起来背后都冒冷汗。我的工作大概就是把各地举办的音乐会或者演奏会拍摄、录像下来，再把编辑好的视频刻成DVD，或者上传到YouTube上。有今天这样的大学生自办音乐会，也有小学生的发表会一类。拍摄成年人社团或高中生大赛的情况比较多。我不怎么拍专业的演奏会。

两年前，我去所泽市某个妇女协会拍摄合唱时，曾经发生过视频数据损坏事件。对我来说，这只是众多工作事项的其中之一。但对委托拍摄的人来说，是一年一度的盛装舞台表演，不是光说一句"数据坏了"就能解决的。我咨询了好几家数据恢复公司，结果是不可能修复了。我生来头一遭给人下跪赔礼，保证全额退款，并且免费给下年度往后的所有妇女协会音乐会拍视频。但最终，妇女协会第二年起就没再找我的公司拍摄。

现在的公司是我离开从二十一岁就在玩的乐队后，跟好友须和田一起为商业作曲成立的公司。本应该接一些广告音乐、电影音乐之类的委托，但工作委托太少了，偶尔有一次，单价也很低。为了做展示用的概念视频，我们买了一整套很贵的摄像机、录音器材、编辑设备，结果全都丢在一旁积灰。

须和田的大学管乐部学弟上门，"想借摄像机和录音器材来拍音乐会"，这成了一切的发端。刚开始，我们觉得反正是闲置不用的器材，免费借给他就算了，没想到拍摄人员还不够，也没有装器材的车，最后变成我和须和田去帮忙。交出拍完的视频之后，他们又接着请求"能不能帮忙剪辑一下"，于是象征性地收了点钱。视频的评价很不错，对方说"往后都拜托你们了"。对我们的好评扩散到了周围几所学校的音乐社团圈子里，当年就来了四个拍摄委托。我判断此处有商机，就在差点关张的公司主页上增设了一个拍摄委托接待窗口。我上传了合唱部的音乐会视频到YouTube上，播放数一路飙升，来自各处的委托接踵而来。我们的公司现在彻底成了音乐会拍摄公司。

"不是工作上的事，"我回答，"有首曲子让我挺在意的。"

我给奈绪说了父亲留下磁带的情况，还说已经在搜索网站查过，并没查到相应的曲子，只是把标签上写了"For Taiga"一事按下没提。

"我也想听一听。"奈绪说。

"不过,没有能播放的机器。我刚才在网上买了,明天才能送到。"

"去车里听不就行了嘛,"奈绪说,"顺便去附近兜个风。"

听了奈绪的话,我们播着磁带在附近兜风,直到凌晨。

"我觉得这首曲子非常好,虽然我不懂音乐,"把车停到路边,奈绪一边喝着从旁边自动贩卖机买来的罐装咖啡,一边如此说道,"不过是不是'夕阳',我有不同意见。非要说一个的话,我觉得像'大海',无风也无浪,漂浮在平静浅滩的正中央,有种让人放松,或者说安心的感觉。"

"因为这是 C 大调的曲子,以主音起头,又以主音收尾,没用让人感到意外的音,从头到尾都很稳定。"

"真的能用这些理论来解释吗?"

"有能让人安心宁神的音,也有能让人产生不快的音,我认为它们肯定是存在的。这首曲子几乎所有的部分都由一连串安抚人心的音构成。你说它能让人内心得到放松,听着挺像回事,但换一种说法就是'很无趣'。"

"怎么有点话中带刺啊?难道你还在记恨你爸?"

有关父亲的事,我全都告诉过奈绪,包括十三岁放弃钢琴、考上大学就离家、在交换留学时接触到吉他、开始搞乐队、乐队解散后开公司，还有两年前父亲的去世。

"我不是这个意思。只是……"

我脱口而出讲到这里，才开始思索后面的话语。

"只是什么？"

"只是觉得很意外。我爸那样的人居然还会听音乐。不，也不清楚他听没听过，因为只知道他是磁带的所有者而已。"

"这首曲子算是很正统的吗？"奈绪说，"我不懂那些理论问题，但个人觉得挺有独创性的。"

"为什么？"

"为什么呢……我觉得激发出的情感还是和其他曲子有些区别的。"

"嗯，这种情况倒也有可能。"

"对了，"奈绪说，"大河，你再也不做音乐了吗？"

"又赚不到钱。"我答道。

"我想表达的不是这个意思。"

奈绪没有继续说下去，但我很理解她想说什么。

对我来说，音乐曾经是整个宇宙，所以我放弃音乐后，在大学里主攻宇宙科学。

但我终究没成为伟大的天文学家，也没成为伟大的作曲家。

世界上最伟大的作曲家是谁呢？巴赫吗？莫扎特吗？贝多芬吗？没准还有人觉得是披头士。我不反对以上任何意见。那么，世界上最伟大的天文学家是谁呢？恐怕很多人会回答是伽利略奥·伽利略或者艾萨克·牛顿。但是二十岁左右的我，却认为是约翰尼斯·开普勒。我觉得相比万有引力定律，还是开普勒定律更美。

开普勒在十七世纪发表了他的学说——"行星围绕着以太阳为焦点之一的椭圆轨道运行"，今天它以"开普勒定律"广为人知，而"公转周期的平方与轨道半长轴三次方的比值为常量"，为"开普勒第三定律"，我在高中物理课上也学过。开普勒是在著作《世界的和谐》中明确描述这一定律的。我在大学图书馆读到《世界的和谐》时，坦白说，震惊极了，因为书上写的并不是我认知中的"科学"。

开普勒说："几何学图形的规律性可辨识美与和谐，西方音乐有其数学性，而行星就是一种音乐。"根据开普勒的主张，行星们正在合唱一首复调音乐。据说每个行星的声部取决于它们与太阳之间的距离，比如说地球是女低音，火星是男高音。

说到底，"Harmony（和谐、和声）"这个词，就曾是数学上用来表达"组合"的词。结合"Rhythm（节奏、复数）"——这个词也曾用作数学术语——开普勒认为行星是复调音乐也就不难理解了。自毕达哥拉斯发现音阶以来，音乐便与世界的真理产生了直接的联系。音乐即数学，数学即真理。

我又回想起往事。父亲从菲律宾回来之后，就说不再作曲了。他一概没讲理由，母亲也说不知道。辞去工作后的父亲，据说整天窝在家里，可他也不是那种大白天就喝酒的人，从不挥霍时间，看上去永远都在和虚无对峙。他会坐在客厅的钢琴旁边，久久地盯着墙壁看。

我刚满五岁那天，父亲递给我一本破破烂烂的《拜厄钢琴基础教程》。"这是我五岁时收到的。"他说。父亲教会五岁的我怎么读谱，又说明了键盘的各种功能。我照着父亲的示范，演奏了拜厄的第一条，内容仅仅是反互敲打 Do 和 Re 键而已。第一次成功模仿父亲的示范时，父亲只对我说了一句"不对"。我不明白是哪里不对。我明明用了同样的按键方式，父亲依然只说"不对"这一句。

一整年里我都在反复演奏拜厄第一条。父亲的嘴上还是只有"不对"，但又不告诉我哪里不对，怎么不对。一年过去的时候，我已经因为数不清的反反复复，连流泪的情感都丧失了。到六岁时，父亲才第一次说出"就是这个音"。很不可思议的是，当时敲击键盘的触感至今都残留在我的指尖。与其说是敲击键盘，不如说是抚摸似的轻轻按了下去。说完"就是这个音"之后，父亲只说了一句："再来一遍。"

"我没能抓住真理，我不想让你也受这种罪。"

父亲偶尔会这么说。父亲给我安排的练习每天都要持续到深夜。附近的邻居还来抱怨过。"请别在晚上练琴了！"邻居找上门的时候，父亲只是面无表情地回答"知道了"。到了当天晚上，依旧让我练琴到深夜。邻居不知按了多少次门铃，父亲只说"要是门铃声能按到节奏上去就好了"，然后命令我继续练习。过了零点的时候，我依旧在弹钢琴，父亲则在旁边打了个地铺，横躺下来闭目养神。我以为他睡着了，停下演奏，他保持着卧姿说："再来一遍。"

孩提时代的我绝无可能理解音乐是什么，它又优秀在哪里。我既不明白父亲隔阵子就要提到的"抓住真理"是什么意思，也没有成为钢琴家的那种激情。我只是很害怕弹错时被父亲叱责，说句心里话，我无时无刻不想逃离钢琴。但想要逃离钢琴，必须听到父亲说出"今天可以结束了"这句话，而为了这句话，唯有弹出父亲心目中"正确的音"才行。

不管是多么炎热的日子，父亲都不允许我开空调，说是为了屏蔽杂音。我浑身汗如雨下，只能在朦胧的意识中继续敲击键盘。有一次，我弹着琴就进入了脱水症状，倒了下去。打完点滴之后，我跟母亲回家，父亲说了句"该把落下的份补回来了"，要我继续练琴。我默默地点头，开始演奏。那一刻，母亲第一次展露出了感情。

"你疯了！"

母亲说着要把我拉出家门。父亲说："别管她，你继续弹。"我害怕父亲，也害怕音乐。我被名为恐惧的重力牢牢地束缚住，没办法从钢琴椅上站起来。

"你们俩都疯了！"

母亲说出这句话以后，就再也没试图把我带走，对父亲那种脱离常轨的教育方式也没再插过一句嘴。

一月一度在我家举行的会议结束后，我也给须和田听了听《For Taiga》的音源。

"挺有德国味儿的嘛，"须和田开口了，"或者说，更像是在德国上学的日本人写的音乐。"

"为什么会这样想？"

听到我的提问，须和田先声明了一句"我没有明确的证据"，然后接着说："这种晦暗厚重的感觉很像德国人，不过写法又有点过于循规蹈矩，像受过正规音乐教育的日本人。"

"是吗？"

"我也没自信打包票啦，不过，这份侧写履历倒是跟你父亲完全吻合。"

须和田注视着我给他的波形数据图，又一次播放了曲子。

在我认识的人中，须和田算是最懂音乐的了。他比我大两岁，在之前解散的乐队里当贝斯手，但其实不论是键盘，还是吉他、架子鼓，通通手到拈来。他歌唱得也不错。而且他不光是摇滚和电子乐，就连古典和爵士乐的知识都很丰富。搞公司的时候，我曾心想"绝对能成功"，之所以会产生这种毫无根据的自信，全都是因为须和田说他也要参加。我以为只要有须和田，公司一定能做大。

实际情况没那么简单。刚开始才收到几份作曲委托的时候，须和田就跟客户起了好几次争执。有一次别人让他"写一首不用波浪之类的音效就能让人联想到蓝色的曲子"，他当面反驳道："这是纯外行的想法。这种要求是不可能的。德彪西的《亚麻色头发的少女》里，具体哪个音、哪个小节是亚麻色的？不知道《天鹅湖》这个标题就去听音乐，你觉得会有人能想象出天鹅跟湖吗?"

因为须和田,我们搞砸过许许多多的工作。他是个态度特别倨傲的人,当然他也有支撑他倨傲的知识储备。我是二十岁时跟须和田在酒吧认识的。当时我们跟另一个乐队轮替演出,须和田在对方乐队当键盘手。演出结束的庆功宴上,他过来指出了我的作曲癖好。

"高桥,你作曲的方式有点古怪。"

我记得当时须和田还在音大念书,被他这么居高临下地说了一句,我也有点气血上涌。

"你什么意思?"

"你是先用引申音[①]来写旋律,然后用包含这个引申音的和弦来做变调。这种写法可很少见。你是在哪儿学的?"

被须和田如此评价的时候,我只觉得他是个自大狂,可他的鉴别无疑是正确的。实际上,正如须和田所说,我也许在无意识中用了这种方法在作曲。当时的我并不是按照理论来写曲子,对引申音也没什么特别的意识。我总是会在一段安稳的调子上让暴风雨突然造访,而变调就好比暴风雨过后的放晴。须和田只是用理论解释了我脑中的抽象概念。

---

① 引申音在乐理中指使听音乐者期望解决矛盾或回归平稳的音,为和弦带来紧张感。

"啊,这首曲子……高桥,跟你的癖好是一样的。"第二次播放到一半的时候,须和田小声地嘟哝。

"咦?"我大吃一惊,慌慌张张地差点把须和田给我冲的咖啡给洒了,"怎么讲?解释一下。"

"变调后节拍转换的地方,都把同样的引申音加进了下一个和弦。只不过他比你更加讲究,所以乍看很难分辨。"

"你这话说得好像我很不讲究似的。"

"作曲又不是越讲究就越好。还有,弦乐部分好像加入了一种奇怪的乐器。"

"是吗?怪不得我觉得有点不对劲。"

"音质太差了,听不出来也正常。不过分析波形也许就能锁定是哪种乐器了。"

"那能不能帮帮忙?你有空的时候查一下。"我像抓住救命稻草似的请求说。

没想到须和田很干脆地回答说:"行。"

"真难得啊。"

"哎呀,毕竟这首曲子称得上是杰作了,"须和田说,"首先,这曲子的标签上写着'For Taiga',听着像它的标题。其次,作曲方式跟你父亲的经历基本吻合。但我有点不服气。"

"哪个部分?"

"你父亲的曲子,我只知道一首《新月》,那纯粹只是效仿德彪西的垃圾。可是这首大不一样,它太棒了。说句实话,我压根不相信它跟《新月》是同一个人写出来的。所以,我觉得这首曲子的作曲者并不是你父亲。你父亲是把另一个人作的曲子给录下来了,只是为了留给你听……"

"真的假的?"

"算是我的个人想法吧。不仔细分析一下,也没法下定论。"

"我能问你最后一个问题吗?"须和田要走的时候,我追着问了一句。

"什么?"

"听了那首曲子,你联想到了什么?"

"宇宙,"须和田立即答道,"宇宙宽泛了点,太阳系吧。"

"旅行者号"给太阳系的"外行星"——也就是木星、土星、天王星、冥王星——拍完照片之后,就飞出太阳系,驶向了永恒的旅途。"旅行者号"拍下的最后一张照片被称作"全家福",是一张囊括了整个太阳系的照片。

我家唯一的一张全家福，是我十二岁时首次参加演奏比赛得冠军时拍的。我面无表情地站在钢琴前面，父亲板着脸，很不自然地与我拉开一段距离，盯着有点偏移镜头中心的位置，母亲在我身后露出怯生生的神情。不论给谁看，都看不出这是一张比赛获奖后拍的全家福。

　　我在比赛上演奏的是拜厄的第七十八条。演出结束后，会场上响起了其他任何选手都无法比拟的热烈掌声。我并不觉得高兴，也没有成就感。我的心里只有一种如释重负的感觉——我毫无失误地完成了演奏，应该不会被父亲痛骂了吧。就在那时，我看见舞台一侧听完演奏的父亲正在哭泣。他这样的人竟然会哭？那一瞬间，我心中的某个纠葛结束了。

　　当天晚上，从演奏会回家后，父亲很少见地在家喝起酒来，然后倒头就睡。我心想只能趁现在了，于是从工具箱取出铁锤把钢琴砸了个稀烂。我再也忍不下去了。对当时的我来说，音乐就是恐惧与憎恶本身。就这样，我逃离了父亲与钢琴。

　　结果，须和田断定《For Taiga》有相当高的概率就是我父亲作的曲，理由是它的变调特点在父亲的其他很多曲子里也出现过。

"这首曲子恐怕就是你父亲写的。不过能写出这种曲子的人,以前写的却净是些垃圾,实在让人无法理解。高桥,还有个遗憾的消息要告诉你,你那个很有特点的作曲技法,完全就是继承自你父亲。"

须和田在这段话的最后还加了个"另外"来补充:"那个弦乐器,我觉得是曼吉亚。"

我决定把自己跟父亲的往事暂且搁置,先在网上查查这个叫"曼吉亚"的乐器。查找的过程中,我在视频网站上找到了演奏视频。听过之后,我确定父亲的磁带里用了曼吉亚。

曼吉亚是东南亚广泛使用的一种民族乐器。音色接近小提琴,但需要像吉他那样抱在胸口演奏。它没有普通音品,而是用木条制作出了凸起的棱线,在棱线上按弦,并用弓演奏。据说原本是十六世纪漂洋过海的西班牙人带来的弦乐器,而后在东南亚变为独有的进化形态。

曼吉亚演奏家中只有一个出名的,上传到视频网站上的视频几乎都是那个人在演奏乐曲。

音乐家名叫波杰克·德尔卡巴欧。"德尔卡巴欧"似乎不是本名,而是他出身地的地名。他是菲律宾的少数民族卢迪亚族人,离开小岛后,他因为曼吉亚弹得好而出名,出过几张唱片和CD。根据不怎么可靠的网络报导，他已经在七年前因病去世。

德尔卡巴欧作为演奏家的名称出现的次数，还不如作为研究对象的次数多。某个民族音乐研究家在著作里附上了德尔卡巴欧的专访，我找到了它的摘要。

"我并不是岛上拉琴最好的，"德尔卡巴欧在文中如此回答，"而且，如果论作曲水平的话，从下往上数也许能更快找到我。所以我才没有积累到财富，离开了小岛。"

我对"没有积累到财富"这句话特别感兴趣，觉得这个表述很古怪。

他作为一个演奏家，在岛上没能取得成就，所以离开了小岛。但他在岛外大获好评，闻名至今——到这里还能理解。可是，德尔卡巴欧说因为没有演奏家成就，所以未能积累到财富。想要积累到一定的财富，应该还是有其他方法的，可照他的说法，就仿佛"没有其他可能性"了。难道说，德尔卡巴欧居住的岛屿上，除了成为一流音乐家之外，就无法积累财富了吗？

况且，我跟他有同病相怜之处，搞乐队没赚到钱，作曲也没赚到钱，换言之，我也"没能积累到财富"，所以现在才做音乐会摄影。与德尔卡巴欧离开小岛的理由如出一辙，我第二次逃离了音乐。奈绪原本是我那个乐队的粉丝。正因此，她一直在追逐我身为音乐家时的幻影。

那一天，我熬了个通宵搜索卢迪亚族的信息。

明明不是什么未开化的部族，可卢迪亚族的情况实在有太多令人费解的地方了。卢迪亚族是经菲律宾政府和联合国教科文组织批准为C级特殊文化保护区的少数民族。C级的意思就是这个部族存在文化价值，并在一定条件下准许任何人进行接触。据说卢迪亚族都居住在名叫德尔卡巴欧的小岛上，几十年来几乎没什么变化，总计五百人左右。他们的文化特色就在于将音乐作为货币，作为财富，作为学问。

卢迪亚族的岛民们各自拥有着一些"音乐"。他们所拥有的"音乐"可以是自己写的、继承父母的，也可以用其他"音乐"或者土地、家畜等进行交易获得。对他们来说，所谓的"富裕"等同于"拥有出色的音乐"。据说，不论是建造了多大的房子，拥有多么豪华的船，都不会被视作"富裕"，无法在岛上过上阔绰的生活。

卢迪亚族是将音乐分为"货币"与"财富"两方面进行管理的。音乐用作"货币"时，需要所有者当场将其演奏一遍才能花出去。演奏时，有的会用乐器，也有简单哼唱的情况。一般来说，人们会对这段演奏进行估价，并进行食品或生活用品的交易。总之就是，只要听取方认可演奏，就会将手上的商品转让给对方。

音乐用作"财富"时，可以提升所有者的社会地位，跟"货币"的价值息息相关。因为拥有出色音乐的人，演奏曲子的时候，在"货币"的交易上也能取得更有利的结果。另一方面，如果演奏的次数过于频繁，音乐作为"财富"的价值就会下跌。因此，在卢迪亚族之间，会发生"价值越高的音乐就越难得被演奏"的情况。某个民族音乐研究家还说，卢迪亚族最富有的人所持有的部族历史上最高价值的"音乐"一次都未曾演奏过。

卢迪亚族与音乐之间的联系比我想象得更加根深蒂固。音乐不仅仅用于生活用品的交易，他们甚至用音来学习计数。据说他们用音程来表达与"1"之间的距离，因此卢迪亚族认为相当于纯四度和纯五度的"6"和"8"是吉利数字。他们的语言中元音和辅音都很少，相对而言，音程则复杂得多，对其他语言的人来说，这种语言听上去更像音乐。

卢迪亚族自古以来就将音乐放在生活中心的位置。据说在西班牙统治时期，有西洋音乐理论传入，因此乐曲也有了质的变化。他们认为月相盈缺反复十二次为一年的现象，与十二音阶相关，并证明音乐和宇宙存在紧密联系，还把满天星辰比作乐器或歌声。

破晓时分,我产生了一个坚定的念头。

我必须去一次德尔卡巴欧岛。当初父亲去菲律宾,是否就是前往了德尔卡巴欧岛呢?父亲在《For Taiga》中使用了曼吉亚,而曼吉亚是德尔卡巴欧岛上的常用乐器。卢迪亚族历史上具有最高价值的"音乐",难道就是这首《For Taiga》吗?父亲会不会是通过某种方式听到了它,然后录下了磁带呢?

我处在将困意彻底驱散的极度亢奋中,满脑子都在想这些事。哪怕一切都只是假设,哪怕我会错意了也无所谓。我这颗曾经属于音乐家的心,正在催促我前往德尔卡巴欧岛。

3 德尔卡巴欧

从那时算起,到我实际去往德尔卡巴欧,需要半年时间。我必须先查清楚出境所需的各类条件,还得调整好日程表。

在查阅各种文献的过程中,我发现了好几条能够支持"父亲也许去过德尔卡巴欧"这一假说的证据。三十五年前发行的音乐杂志上,父亲写了篇关于民族音乐的文章,在文中他提及了曼吉亚和波杰克·德尔卡巴欧。父亲留下的日记本中也写到了曼吉亚演奏者。他似乎是去宿务岛上度蜜月时，在当地音乐会上听到了曼吉亚的演奏。从那以后，他就通过种种手段调查曼吉亚，并在调查过程中接触到了波杰克·德尔卡巴欧。

到达岛上的这天，我请罗布带我去岛上各处逛了逛。说是跟随向导，实际上这岛非常小，短短一小时就已经绕回到了派出所。孩子们反复念叨的词汇"嘛咿呀，啦咿呀"，据说并没有特定含义，只是在哼唱歌词还未确定的曲子时用的临时歌词。孩子们好像只要看见岛外的人来，就会唱起歌来，试图交换到一些稀奇的东西。

晚餐吃的是岛民做的大盘菜。油炸鸡肉、蔬菜炒虾、彩椒沙拉、醋腌菜，还有管饱的米饭。餐后我还喝到了朗姆可乐，似乎是罗布送来的慰问品。上了年纪的岛民大多反感以物物交换之外的方式与岛外人进行交易，但听闻朗姆可乐在年轻人中大受欢迎。

晚餐后，我在派出所跟凯姆尼和罗布聊了会天。尽管这朗姆可乐没加冰，温温的，我和罗布还是把整瓶彻底干了。不太能喝酒的凯姆尼只喝了一口，就再也没摸过瓶子。

"这座岛真的特别有意思，"凯姆尼说，"菲律宾政府解放了这座岛以后,外来居留者造访的次数就变得相当频繁,但这里的人在文化上还是维持了十九世纪到二十世纪的标准。他们跟附近大岛上的交易全都是以物易物,很严格地保留在 C 级。"

是我擅自把常驻派出所的凯姆尼误当成警察了,原来他是个学者。于是我向凯姆尼请教在日本查到的卢迪亚族文化资料是否准确。

"关于'财产'和'货币'的部分基本没问题。但是,最近'演奏'的交易价值似乎下跌了。岛民在大多数情况下,还是用物物交换的方式交易。"

"音乐不是交易的基本单位了吗?"

"听说以前是以音乐为中心的,但毕竟是过去的情况。通过音来学习数字,这个嘛,至少据我所知是没有这种事的。'6'和'8'是吉利数字,这也是头回听说。"

"是这样吗?"我又问罗布。

"好像有那么回事,"罗布回答道,"奶奶那辈才会讲。"

"也就是说,这座岛正在逐渐失去它的音乐?"

"你说得有点夸张了。就算以物易物成了主流,也不代表歌曲交易就没了啊。"

"这么想来……"凯姆尼说,"我觉得主要原因是岛外来的造访者越来越多了。"

"为什么呢？"

"外地来的人会唱外地的歌跟岛民进行交易。对岛民来说，外来的音乐更加稀罕，交易上的价值也就会提升。相对地，岛民自己作的曲，价值就下降了。"

"原来如此，真是个遗憾的故事。"

"是吗？"凯姆尼望向我，"最关键的是，这座岛在跟岛外文化协调融合的同时，仍然保留着独特的运行规则，始终能够被认证为 C 级。正因为这样，想要离开这座岛的人也很少，人口维持住了。"

"那我呢？"罗布笑了。

"你是例外。"凯姆尼回答。

我忽然意识到，凯姆尼并没有把德尔卡巴欧看作"音乐之岛"。他对卢迪亚族的认识也只是"说独特语言、通过以物易物进行生活的少数民族"而已。

就在这时，我们自备电源的灯突然灭了。凯姆尼把提灯收拾完，说了句"我先睡了"，便消失在了派出所里屋。

我们沉默了一小会儿。岛内吹来一阵舒爽的风，向着大海穿行而去。黑暗之中只有波涛声在静静地回响。忽然，罗布唱起了歌，是我没听过的曲子。

"这是属于你的音乐吗?"我问。

"不,"罗布摇头,"是菲律宾现在正红的曲子。"

"你为什么要离开小岛呢?"我问。

"我爷爷就是这座岛的村长。你知道这代表什么意思吗?"

"不知道。"

"意思就是他拥有这座岛上估价最高的音乐。"

"你说的就是那首所谓的'卢迪亚族历史上具有最高价值的音乐'?"

"这么具体的情况我就不知道了。不过它有相当高的价值倒是不假,毕竟我爷爷就是凭这个当上村长的。"

"我就是来找那首音乐的。"我说。

"是吗?那就太可惜了,大概要白跑一趟了。"

"为什么?"

"我觉得爷爷手上那首所谓的音乐,其实根本就不存在。"

"这话怎么说?"

"那首曲子一次都没被演奏过。明明一次都没被演奏,却有人相信它的价值,太荒唐了。岛上的人倒是不在意这点,可我只要一天没亲耳听过,就不信它真的存在。"

"你说得确实有道理。"

"爷爷写过不少好曲子。我从小就挺喜欢爷爷作的曲,总想着要听一听爷爷写的《Taiga》,哪怕一次也行。他却对我说,想听的话只能靠自己亲手写出好曲子来交换。所以我拼命写了各色各样的曲子给爷爷听,但那些全都不行。不管我写多少曲子,都没能听到《Taiga》。"

"《Taiga》是……"

"就是爷爷那首曲子的名字,也跟你的名字同音。"

"它是什么意思?"

"就是那个,"罗布伸手指向夜空说道,"意思就是'宇宙'。"

时隔二十多年,我重新坐在钢琴椅上,感觉比想象中要硬多了。

德尔卡巴欧岛上的教堂窗户很少,日光被遮挡了大半,显得有些昏暗。我尝试着敲击了几下键盘,仿佛听到某处传来了父亲大喊"不对"的声音,我又用另一种手法按键,父亲说:"就是这个音。"

我压抑住想要立刻逃离的冲动,缓缓开始演奏。

"《Taiga》说不定曾经有人演奏过。"

昨天晚上，我对罗布说了这句话，然后把父亲的故事告诉了他。父亲留下的这段音乐，也许就是《Taiga》。罗布当即请求"让我听听"，可我已经把所有电子设备都暂存了，没法播放给他听。

"教堂里有钢琴，"罗布说，"是西式钢琴，你用它弹出来就行。"

"不行，"我摇了摇头，"我弹不了钢琴。"

但无论如何，关于《Taiga》和父亲的详情，都必须去找村长问个明白。

于是，这一天，我和罗布一起去往位于小岛西侧的村长家。

村长家与村落其他房屋没多大差别，都是高脚式房屋。罗布的母亲正在屋外料理鲜鱼。罗布向她简单介绍了一下我，她莞尔一笑，说了些什么。

"她说爷爷就在房间里。"

我们爬上木架阶梯，一楼有三个只用布料隔开的小房间，其中之一曾是罗布的。

罗布掀开隔出最深处房间的紫色布帘。一位躺在吊床上的老人朝我们投来打量的目光。"他就是我爷爷。"罗布说。

罗布说了几句话之后，神情似乎变得有些紧张。村长面无表情地对答。经过几个来回之后，罗布转身向我："他说想听的话就亲自演奏一曲。"

"他说——把你觉得最优秀的曲子演奏出来。你应该会弹钢琴吧？"

"我不会弹钢琴。"我摇头。村长又说了几句话。

"爷爷说'别撒谎'。他说一看就知道你是练过琴的。"

我们一同去了教堂。

我一点自信心都没有，已经太久没摸过钢琴了。

苦思冥想之后，我决定弹一下父亲留下的《For Taiga》。谱子就在我脑袋里装着，倒也不是很难弹的曲子。问题在于我是否还有演奏好它的技术，仅此而已。

最近几个月里，我把这首曲子翻来覆去听了无数遍。反复重来几次之后，我终于能抓住节奏了。至少我个人认为这首曲子的主题是对音乐的爱，所以主干部分要弹得尽可能柔和，而延展部分要重视节奏。

"Taiga"即宇宙，父亲给这首曲子起的标题其实是《致宇宙》。而我从这首曲子中能明确地联想到"夕阳"，还有父子二人走在归家路途中的景象。如果这世界换一种别的方式运转，在演奏赛上获得冠军的我，也许就能和父亲手牵手，远眺着夕阳一同回家了。假如能有这般光景，我也许就能继续面对钢琴，像父亲一样成为一名作曲家。但实际总是事与愿违。

敲击键盘的当下，我细细体味着父亲给我起名"大河"的寓意，以及他对音乐的爱。

我很愉快。我从来不知道弹钢琴是这么愉快的一件事。

变调后要转换节拍的时候，我想起了自己的癖好，同时也是父亲的癖好。我想起了父亲将一切赌在我身上的执念和接受严苛训练的日子。

当我真的尝试亲手演奏，动起自己的手指时，我才好像终于理解了这首曲子的真正价值。它并不单单是一首循规蹈矩、一本正经的曲子，而是一个人将他多年磨练的基础技巧彻底倾注而成的结晶。曲调里有爱与热情，还有宇宙的协调。

演奏结束后，村长说了句"米亚斯，莫伊巴"，意思是"那就是我拥有的歌曲"。

然后，村长对我说了些什么。罗布听到这几句话，显得异常诧异。

"《Taiga》在很久以前曾经被演奏过一次，"罗布说，"你弹的这首曲子，正是另一个男人曾经在这里演奏过的曲子。他为了获得《Taiga》，奉上这首曲子来做交易。爷爷听了很感动,所以为了交换你刚弹的这首曲子的所有权,第一次演奏了《Taiga》。"

我一瞬间屏住了呼吸。

原来,《For Taiga》并不是为我而作的曲子。顾名思义,它是为了《Taiga》而作的曲子。

接着,我终于参透了父亲的执念。父亲选择当作曲家不是为了家人,也不是为了名声。他当作曲家就是为了能听到美妙的音乐,这也成了他的真理。到最后,父亲用呕心沥血才写就的《For Taiga》交换到的,也仅仅是听一次《Taiga》的权利。

我开始思考父亲为什么要放弃作曲家的人生。父亲在听过《Taiga》之后,是不是感受到了自己耗尽一生都无法企及的绝望呢?是不是为了将未尽的遗憾托付给我,他才将拜厄讲义交到我手上呢?父亲是将"真理"托付给了尚是孩童的我吗?

"我会再来一次的,"我说,"再来这里一次,作一首新曲子,然后亲手弹奏,把您的《Taiga》交换到手。"

得到《Taiga》,再上天堂大肆炫耀,想必是对父亲最好的"报复"了。也只有这样,我才能真正彻底放弃音乐。

"到时候请务必让我同场见证,"罗布说,"我想让爷爷证明他的音乐确实存在。"

"当然没问题。"我答道。

教堂的彩绘玻璃外,铺展开的是一片澄澈的星空。宇宙就在那里。火星的男高音和地球的女低音就在那里。我在其中寻找着一个身影,寻找着如今仍然漂游在宇宙的某处、正将巴赫与莫扎特运往未知文明的"旅行者号"。

(吴曦 译)

最后的不良

第二次世界大战结束后,日本流行过嬉皮士,流行过高端时尚品牌,流行过辣妹装束,裤脚一会儿变细一会儿变粗。女孩的发型和裙摆一会儿变短一会儿变长,妆容变厚又变薄,流行过草食系男子,又流行过性冷淡风和电动汽车。

而到了最后,"虚无"进入了流行。

二〇一八年成立的"MSL[①]公司"举办了主题为"停止流行吧"的研讨会,并招徕了一批会员。会员们都接受过被称作"MLS之子"的研讨课程,并竭力对外宣讲,与当时世界上追求功能性与简约性的风潮不谋而合,使得"停止流行吧"成了二〇二〇年代最大的社会运动。高功能纤维的灰色白色T恤搭配牛仔裤或棉质休闲裤,不穿戴手表或戒指等多余的金属配件,驾驶高性价比的电动汽车,下班后直接回家,以上就是工薪族的典型生活方式。关注流行、关注时尚、重视自我主张——通通都被认为是落后于时代。风潮扩散开后,人们的生活方式变得不再有赘余,统一成了朴实无华的风格,"流行本身"消亡了。

---

① Minimum Life Style,极简生活方式。

或许正因如此，综合文化类杂志《Eraser》从二〇二八年第四期后就停刊了。

最终一期的专题是"断舍离"。

编辑桃山在检查过《舍弃家中闲置物品的方法》《舍弃皮下脂肪的方法》《清算多余人际关系的方法》《放弃无谓梦想的方法》等多篇文章之后，在最后一页上偷偷添上了"该丢的全都丢完之后，把这本杂志也丢了吧"这样一句话。给印刷厂提交完文档后，他取出事先准备好的辞呈，放在栗本总编的桌上，便离开了公司。他已经决定好接下来该做什么了。在车站厕所里整理好发型，换上特攻服[①]后，他跨上了泊在停车场的改造摩托车——"神速号"。

"神速号"奔驰在首都高速上。

夜空中万里无云。桃山将右手握把拧到底，尽管是满油门在前进，车速表还是稳定在时速一百公里左右。因为经过改造，这辆摩托车的车速变得致命般的迟缓。车前方安装了高高翘起的火箭头整流罩，提升了大约百分之十七的空气阻

[①] 特攻服是日本的不良少年或暴走族穿着的一种服饰，以团体为单位制式化。风格基于军服、战斗服，装饰张扬，常刺绣有不良少年宣泄心声的谐音汉字或团体名称。

力，后方的三段式坐垫提升了大约百分之四的空气阻力。加装的六连大喇叭，让重量增加了不少。专为这天穿上的特攻服，恐怕也增加了点空气阻力。

桃山对改造摩托车产生兴趣，源自于二〇二五年八月刊上的专题《名曰巴洛克的选择》。文章的主题大致是极简生活方式太过无趣，建议人们过更繁多冗杂的生活。当时杂志卖得还算过得去，编辑部内部也弥漫着一股打倒MLS式价值观的氛围。

桃山在专题里负责的是"不良少年"一版。三年前的那个时候，不良少年已经几乎要绝迹了。桃山采访到了在佐贺县乡下飙车的不良少年团体"霸砂罗团"①。他们自称"我们可能是日本最后的不良少年了"。听说现如今，全部成员驾驶着改造摩托车、一边蛇形驾驶一边鸣响六连大喇叭的盛况，也只有在日出前才能见到。因为伴随着法律修正，哪怕给别人添一点点麻烦，都有可能被逮捕。

去年一月，我从领队那里收到"霸砂罗团解散了"的消息。一方面有成员掉队和退团，另一方面MLS的思想甚至

---

① "霸砂罗团"中的"霸砂罗"借字于"婆裟罗"，发音相同。婆裟罗是日本南北朝时代的一种风潮：无视身份秩序，奉行实力主义，喜好华美服装，并在战国时代中发展出了"下克上"的文化。

传播到了佐贺乡下。领队在元旦那天孤身一人驶过山道，听见"叭啦哩啦，叭啦哩啦"的声音在山间空虚地回响，当场下定主意要解散。

桃山以"与其扔掉不如送我"为由，从领队那里收下特攻服。于是，今天他就穿上了这身衣服，背后绣着几个大字"霸砂罗团乃暴走神风"。

驾驶控制功能已经被解除了。"神速号"闪烁着车头灯，对周遭的一切发起威吓，在完美的机械制动下，接连超过一辆辆以法定速度行驶的电动汽车。为了避免出事故，还需要不时确认一下前方状况。有余力的话，还能看到那些坐在驾驶席上的人一个个长着死鱼眼。他们看到桃山的模样立即移开视线。实在太爽了！

驾驶摩托车飞驰的时候，桃山想起了决定在《Eraser》工作的那一天。在拿到某大型制造商内定录取书的某个秋日，他读了《Eraser》上的"科幻专题"后，大受感动，于是当场就给栗本总编的推特账号发送了私信。次周，两个人一起吃了饭，并彻夜对饮到天明，一天之内就决定要在编辑部就职。

桃山爱着各种文化，电影、小说、音乐、时尚、艺术，全都喜欢。为什么自己会喜欢文化呢？桃山认为答案是"因为它们没用"。就算没有文化，人也不至于饿死，但这些"没用的东西"切切实实地给人们的生活带来了色彩。少子化、高龄化的过程是无法停止的，日本的经济也许会进一步衰退下去。但即便是这样一个世道，人们也可以通过接触多种多样的文化来过上丰裕的生活。人可以为某件事而感动，以崭新的视角去看待事物，把稀松平常的日子过得无可取代。能体验这种心情，多亏了各类文化产物。

MLS的流行从我们身上夺走了无用性和无法量化的丰裕，从年轻人身上夺走了闯荡一下的机会，从人们的生活中夺走了无可取代的那部分。杂志《Eraser》的停刊对桃山来说只是一个契机。就算杂志还在苟延残喘，他也会下定决心挺身而出。

"那辆车，快停下来！"

伴着警笛声，身后传来警察的喊声，便衣警车就跟在后面跑着。不是超速就是违法改车，或者二者兼有。桃山让"神速号"滑向超车道，然后钻进了前方车辆与防护栏之间的小缝隙中。在车辆间见缝插针地前行了一会儿，警笛声也逐渐远去了。他顺势向东关道[①]方向开去，等再次听见警笛声的时候，就从湾岸习志野[②]下了高速。

[①] 东关道全称"东关东自动车道"，是从东京至茨城县的高速公路。
[②] 湾岸习志野是东关东自动车道的一处立交出口。

从前的人总想着要"备受关注"。为了受到关注，会穿和别人不同的服装，听和别人不同的音乐，看和别人不同的电影。文化和时尚类杂志就是为"想受关注"的人而存在，向他们介绍最受关注的人物或是最尖端的文化。读者或是模仿，或是参考，于是乎，"流行"诞生了。

看过杂志的读者纷纷模仿之后，原本很受瞩目的事物就变得不那么显眼了。走在流行前端的人们开始探寻别的东西，于是乎，"流行的变化"诞生了。在不断追逐流行变化的过程中，某些人拥有了广泛的知识。另一批人则意识到追逐流行的虚无本质，开始将视线转向对自己来说真正重要的事物。

让我们承认吧——追逐流行的行为，在某种意义上确实徒然又空虚。明明投入了时间与金钱，但每一场狂欢都不会长久。

但是，通过近乎暴力地推广文化标杆，人们也许会看见一些前所未见的事物。比如说因为演员莫名帅气而去看一部无法理解的法国电影；比如说为了显得聪慧而去读尼采、马克斯或皮凯蒂；比如说因为人气高涨而去看某个日本画展或现代艺术展。就这样，人们会对本来不感兴趣的事物产生兴趣。

桃山认为自己的工作就是如此"暴力"，而他自己的人格也是这样形成的。

车辆很少，排气管喷射出的轰鸣声响彻宁静的国道。目的地很近了。桃山攥紧了油门握把，但因为吹着海风，摩托车没法肆意加速。

MLS 公司的大楼位于海滨幕张。

从国道驶入幕张新都心 [1] 没多久，就发现有一片区域已经人声鼎沸。把摩托车停在车道旁，徒步靠近，首先映入眼帘的是由一群地方吉祥物组成的团体。身穿人偶服的成员高举着写有"夺回流行！"字样的标语牌。似曾相识的梨子人偶和熊人偶站在队伍前列，样子看上去滑稽可笑，行为却相反——用扩音器呼喊着夹杂了污言秽语的口号。

森女 [2]、连身衣女子 [3]、竹之子族 [4]、鲤鱼队女粉 [5] 等团体正

---

[1] 幕张新都心是位于日本千叶县东京湾边的水岸都市开发区。
[2] 森女，全称"森林系女孩"，源自于日本社交网站 mixi，指"如生活在森林里的女孩"，并由此引申出一系列女性生活时尚美学及服装风格。森女的服饰打扮更贴近在森林中轻松惬意的感觉。
[3] 连身衣女子，源自于英语 body-conscious，指穿着贴身材质服饰来强调身体线条的风格，其中女性更多穿着迷你连衣裙。
[4] 竹之子族是在室外身穿独特华美服装，配合迪斯科音乐跳集体舞的人群通称。20 世纪 80 年代发祥于东京原宿的步行街，使用大量色彩鲜艳的自制服装，不论男女皆化浓妆，全盛期有多达 2000 人同时歌舞。
[5] 鲤鱼队女粉字面指日本职业棒球队"广岛东洋鲤鱼队"的女性粉丝。2013 年，因鲤鱼队的经营策略改变，吸引了大量女性观众，形成了社会现象。鲤鱼队女粉会身穿球队的红色队服，头戴红色棒球帽，极具特征。

在阻拦警车进入，中央区域则有一支几年前走红的摇滚乐队正在演奏。桃山穿过这个因流行消亡而销声匿迹的人所组成的人墙，向站在靠MLS大楼前排的朋克装束的男子柿谷打了个招呼。

"喔喔，桃山先生，您也来了啊。"柿谷露出倍感意外的表情。

"那当然了。"桃山点头。

柿谷是桃山曾经的同事，虽然是同年生人，但他进公司时算是半路出家，所以总对桃山用敬语。

柿谷进公司第三年时，在总编面前夸下海口，非要做一个朋克专题，销量却没见涨，然后他在被命令做下一期的牛肉饭专题时怒而辞职。听说他回老家仙台玩起了乐队，但也没激起什么水花，如今在便利店打工。他就是策划本次抗议集会的主谋。

"好久不见。"柿谷伸出了手。

"是啊，牛肉饭专题以后，咱俩就没再见过了。两年了吧？"

栗本总编在会议上说出"下一期要做牛肉饭"的瞬间，柿谷一拍桌子说："我可不是为了写牛肉饭的文章才进这行业的！"直接走出公司，扬长而去，再也没回来过。"牛肉饭辞职事件"直到现在都是编辑部的热门话题。

"当时还是太年轻，"柿谷尴尬地笑了笑，"现在我理解总编的想法了。我读过牛肉饭专题那期，佩服得五体投地。他在牛肉饭连锁店中间巧妙地穿插了一些特别讲究的店铺，让读者对各种牛肉饭——更进一步说，对牛肉饭背后的畜牧农户和稻谷农户也产生了兴趣。原来可以这样编排啊！那并不是一期迎合大众的普通快餐专题，而是真正意义上的文化专题。"

"可惜完全没卖出去。"

那期的销量差到让人咋舌，退货回来的书刊在仓库里堆成了山。"牛肉饭专题"和下一期的"电子表格软件专题"，还有下下期的"什锦鱼糕专题"被称作"暗黑三部曲"，成了编辑部的污点。杂志销量每况愈下，一时间陷入迷途。

"问题不在于卖不卖得出去。最重要的是让读者接触到新的信息。"

"你在后悔辞职了吗？"

"算是吧，"柿谷点点头，"对了，总编他还好吗？"

"不知道呢。他本来就经常外出，去年确定停刊之后，就只在例会时才来公司上班了。不过稿子倒是看得很勤快，会给人回消息。"

"其实我想跟总编再说声抱歉。"

桃山回答说:"下次有机会叫上你。"柿谷意味深长地微笑了一下。也不知他关注的是哪一点,但也没必要特地问。

桃山出身于长野县,一直很向往东京。一年一度,他会和朋友一起坐上始发站的慢车去东京玩。把涩谷、原宿、表参道、青山都逛一圈,用零花钱或者压岁钱买些衣服鞋子或CD。在街头擦身而过的每个女人看上去都是大美女,每个男人都显得帅气逼人。有一次,他想尝试不太熟练的搭讪,却被人嘲笑:"你不是东京人吧?"尽管觉得有些耻辱,但他又不得不承认,自己身上确实散发着一股乡下人的土气。

为了东京,他拼了命用功学习,终于考上了东京的私立大学。

然而,真在东京住下来之后,他就几乎没怎么去过涩谷、原宿了。随着技术进步,衣服鞋子都能在网上买到,音乐也只需点击一下即可下载。不必听商场店员的推荐,更不必在CD店抓着试听机不放。一切只需点击一下。

如此想来,流行的消亡也许就是从那一刻开始的。在网上可以随时购买自己喜欢的东西。相对地,人们再也不会因为在店里见到时髦人士的选择而跟风,或是因为试听了原本没兴趣的音乐而意外沉迷。凭自己的喜好选择产品，点击一下就能结算。推荐列表里总是精选出一批迎合用户喜好的物品。这个过程中不存在流行、洗礼，也不存在暴力。等待着你的是一个丝毫没有压力、无比便利的世界。

当然，这段话并非在表达"方便不好"。对社会来说，也许是有意义的。就连桃山自己也正享受着这种便利，没资格抱怨。

只不过，莫名其妙地有些难过。人们驾驶同样的车，听同样的音乐，打扮成一个样子，令人难过。人们竟然不会因为与他人雷同而产生不满，令人难过。人们会对于自己不同的人白眼相向，令人难过。

"柿谷先生，家伙来了。"

身后走来一个长发男子，给柿谷递了几根方木棍。柿谷开始向周围的人分发木棍。桃山也得到了其中一根。

"要这个干吗？"

听到这个问题，柿谷回答："用来把入口砸烂。"

"砸烂了又怎么样？"

"还能怎么样？总之先砸烂再说，砸它个稀巴烂。"

"行。"桃山不置可否地点点头。这个集会被称作"RTF（夺回流行狂欢节）"。对均一化社会感到窒息的人群，身穿消逝于历史长河的各种"流行"装束,聚集在堪称幕后黑手的 MLS 总公司大楼门口,正在进行一次抗议游行。

况且,他们的行动也只是策划到这一步而已。

"消灭 MLS!夺回流行!"

聚集在大楼前的人反复呼喊着这句口号。桃山回头一看,隔着大马路的另一栋大楼门口已经有电视台在做现场直播。主持人还是晨间资讯节目的女主播。她见到这幅光景,究竟会作何报导呢?桃山不得而知。

"就是现在!把入口的玻璃砸了!"

随着柿谷一声吆喝,一群打扮怪异的男人挥舞方木棍朝玻璃砸下去。一旁的桃山也想去帮把手,向玻璃走近了一步。就在这一瞬间,他注意到楼里有闪光灯亮了一下。

"里面有人在拍照!"桃山大喊,"小心!"

正打算打碎玻璃的男人停下了手上的动作。

"别在意!砸烂它!"面对不知所措的那群男人,柿谷做出了他的指示。

桃山离开最前列,来到柿谷身旁:"喂,这样下去连正脸都要被拍得一清二楚了,没问题吗?"

"没问题啊。他们也早就有这点心理准备了。桃山先生,您就别多插嘴了。再说了,您不是正穿着不良少年的衣服吗？都已经是不良了，怎么还能不干点坏事呢？不砸个一两片玻璃，能算什么不良？啊，难道说，您是怕了吗？"

"我不是这个意思。我只是不明白砸玻璃的目的是什么。"

"破坏是没有目的的。"

男人们正全神贯注地用方木棍捶打玻璃。消灭 MLS！夺回流行！口号一刻也不停。有个男人的木棍断了，柿谷立即给他补上一根。另一个男人终于在窗户上砸出了裂痕。消灭 MLS！夺回流行！裂痕扩展开来，变得越来越大。

终于，玻璃碎了。

桃山很小的时候，市面上流行过一阵"透明骨架"设计。电脑、时钟、电话、照相机、电熨斗……一切电器产品都设计成了透明的。桃山很讨厌这种透明骨架。他小时候过生日收到的 GAME BOY 游戏机就是透明外壳。也正因此，他几乎没怎么玩过。

为什么会讨厌透明骨架呢？长大之后他才明白其中的缘由。譬如说人类，不论是谁，皮肤之下都藏着脏器、骨骼、肌肉，还有正在消化的食物或粪便。皮肤将它们都包覆隐藏了起来。而衣服是皮肤的进一步延展，让我们看不见脏东西，掩饰短腿，藏起多余的赘肉。

透明骨架却正相反，将内部的结构——也就是功能本身——当作一种美展示给人看。

设计上的"透明骨架"的流行已经结束了，或者说，"流行"这个概念在今天已经几近消亡了。

但毫无疑问的是，人类渐渐变成了一副透明骨架。爱慕虚荣、装腔作势、逞强好胜，换言之，在人格上，穿衣打扮的行为都被认作是有失体面。社会上鼓励着一种耿直、说真心话、自曝缺点的行为方式。看了一部晦涩的电影之后，年轻人甚至都不会假装去理解，而是饶有兴致地谈论它有多么莫名其妙。相比炫耀自己正在阅读《卡拉马佐夫兄弟》或《暗夜行路》，自嘲没读过反倒更受欢迎。人们都脱下了衣服，变成全裸，接着逐渐透明化。

桃山讨厌透明骨架，也讨厌那种形式的价值观。他坚信正是虚荣、耍酷和逞强塑造了如今的自己。

"更坦率、更透明、更朴素——走向极简。"

MLS总公司大楼一层张贴的海报上写了这么一句话。从旁边窜出一个化着浓妆的女人高喊"MLS去死吧！"，接着粗暴地撕下海报，团成一团，接着又叫喊着什么，丢了出去。

入口处的玻璃被砸碎之后，参加集会的人群鱼贯而入，进入了大楼中。

一楼没有任何MLS职员的身影，前台跑了，保安也跑了，连刚才拍照的摄影师都不见了。

一拥而入的人群，开始随心所欲地大肆破坏。入口处的沙发被划破，棉花漫天飞散，海报被撕烂，显示器被打碎，前台的桌子也被木棍砸得七零八落。

"消灭MLS！夺回流行！"

呼喊声响彻楼内。桃山靠在墙壁上，恍惚地欣赏着这幅光景。明明已经打扮成了不良少年，却不知为何始终提不起兴致融入这群化作暴徒的集会群体中，也不愿参与破坏。这就是柿谷所说的"怕了"吗？

他觉得并不是怕了。

上学时，他曾装模作样买了布尔迪厄[①]的书，那是个法国社会学家。这本书里写的内容大致是：统治阶级为了强调自己的特殊性，会对生活方式、餐饮、日用品和艺术欣赏特别讲究；通过和被统治阶级之间产生差异，来使自己的身份正当化。以上介绍都是维基百科上写的。桃山买了布尔迪厄

---

① 皮埃尔·布尔迪厄（Pierre Bourdieu，1930—2002），法国著名的社会学家、思想家和文化理论批评家，主要著作有《实践理论大纲》《艺术的规则》《男性统治》《区隔》等。

的书，却因为太过艰深，只读了开头十几页就丢下了。

时尚恐怕也是这样。时髦的统治阶级人群，为了彰显与被统治阶级之间的差异，选择特殊的服饰。音乐、电影、文学、艺术，应该也存在这样的侧面。它们之中都蕴藏着"差异"这一主题。曾经，每个人都想成为并无具体形象的另一个人。

但是，譬如说性冷淡风服饰——极致的普通——这种流行剥夺了差异本身。普通、自然、注重功能，这些要素反而成了魅力点。

创造出流行的无疑就是差异。当统治阶级参与进来，非统治阶级就会模仿他们。于是被人模仿的统治阶级就会用另一种时尚来制造差异。这种循环往复，具体一点说，就好比裤脚宽窄或眉毛粗细的流行趋势。

最后，MLS剥夺了差异的价值，使流行消亡了。

桃山望着那群吵吵嚷嚷在大楼里搞破坏的人，深感自己所追求的始终只是"差异"。他并不是"怕了"，纯粹是不想跟他们做同一件事。

桃山发现除了自己还有另一个人没参与到破坏行动中。

是柿谷。背靠在紧急出口门上的柿谷正双手抱胸，面无表情地观察着人群。他兀自点了几次头之后，打开门消失在了紧急出口。

桃山决定追上柿谷。门后有条走廊，左手边是后门，右手边有另一扇门。

桃山选择往右走，他不认为柿谷会从后门逃出去。为什么会有这种直觉？他也不明白。

打开右边门，见到一台电梯和货用搬运入口。没有其他人。电梯停在了最高的十五层。桃山按下电梯按钮，不一会儿就来了。真是好大的升降梯，里面还装着一大面镜子，映出了自己的模样。怪异的发型，怪异的服装。特攻服的下摆还拖在地板上。仔细想来，霸砂罗团的领队是个高个子，衣服铁定不合身，他连时髦最基础的部分都没做好。

桃山无法预料在十五层会遇到什么，也许什么都没有。柿谷很可能已经从后门逃出去了。

电梯停在十五层，门开了。昏暗的走廊尽头，能见到提示紧急出口的绿色光芒。桃山沿着走廊前进，敲了敲紧急出口的厚重大门，没反应。就在这时，他似乎听到有音乐从门里面传出来。

是爵士乐。他把耳朵贴到门上。不光有爵士乐，还能听到有人交谈的声音，人甚至相当多。再一次敲门后还是没反应。桃山打开了门。

"桃山先生，您这是在干什么呀？"

"我还想问呢。"这句话到嘴边又咽了下去，因为这么回答太老套了。"如你所见，在当不良少年。"桃山回答。"可不是嘛。"柿谷笑了。

MLS公司的十五层是个酒吧。一个小小的舞台上正进行着爵士乐现场演奏。正对着舞台的墙边是个长达十五座的吧台。窗边还有带桌的席位，几乎都是满座。

桃山十分惊讶。不单是因为在这里有个酒吧，还因为身穿特攻服的自己在这个屋子里丝毫不显得突兀。坐在吧台一侧的是个身穿哥特洛丽塔的女人，而她身旁有个穿女装的中年男子。不远处的一桌上，里原宿系[①]装束的三人组正在喝酒，身穿B-Boy风[②]的男子正和古着[③]服装的女子勾肩搭背，伴随爵士乐摇摆。

"其实这里除了会员是不准进入的。"柿谷指着站在酒吧入口的工作人员说。

"会员？"

"就是MLS的会员。"

---

① 里原宿系是指在东京原宿周边的流行服饰一条街发展出的服饰风格。
② B-Boy风指霹雳舞风格服饰。
③ 古着是指从旧衣市场中形成的穿衣风格。

"你是 MLS 的会员？"

"你猜得很对。啊，栗本先生，桃山先生也来啦。"

柿谷视线所向之处，站着一个衣着休闲、身材矫健的男人。在调过光的间接照明中，左手的腕表闪闪发光。因为跟平时穿得不同，一瞬间差点没认出来，但他毫无疑问就是总编栗本。

"穿得挺帅的嘛，桃山。"栗本笑着说。

"总编，你也是 MLS 的会员吗？"

被这么迎头一问，栗本露出了略带困惑的表情，接着点头回答："没错。"

"从什么时候进会员的？"

"很久以前就是了。"

"为什么？MLS 难道不是敌人吗？"

"你在说什么？"

柿谷向还没弄明白情况的栗本解释了一番：桃山参加了楼下的集会，但不知为什么注意到了这层楼，所以桃山并非 MLS 的会员。

"原来如此，"栗本点头，"你听着，MLS 不是敌人，是我们的同伴。"

"我不懂你在说什么。"

"《Eraser》是一本追逐流行的杂志，但是我对永无止境地追逐流行感到空虚。如果那些人真有热爱文化的想法，就不该在乎什么流行不流行，只需用自己喜欢的方式去追求喜欢的东西就行。不过，人们被流行所操控，根本不去抓住本质。到了互联网时代，信息的传播越来越快，一个月前流行过的东西，很快就已经落后于时代，又流行了起新的玩意。人们为了跟上周遭的话题，跟着流行随波逐流，热门一结束，就把一切都忘了。这样反反复复，你不觉得很空虚吗？"

"这种事别放在眼里不就行了吗？"桃山反驳道，"别人怎么消费流行，跟我们又没有关系。"

"但是他们会模仿，模仿我看中的服装，模仿我在听的音乐。就算我主动去追求喜欢的事物，也只会得到一句'你真是赶流行'，跟他们被归为一类。我讨厌的就是这一点。"

正当桃山想说这种想法无聊至极时，栗山先发制人。

"你刚才想说'这想法很无聊'，对吧？我明白，你是对的，无聊极了。我心里这种不满的感觉，就是因为总是在意'他人如何看待自己'才产生的。你说得对，太无聊了。所以，我才想要让这种无聊的闹剧结束。MLS可以消除流行这个概念。这么一来我就……不，除我以外的所有人都能从'他人如何看待自己'这种无聊的烦恼中得到解放，去追求真正喜好的事物。就好比你现在，打扮成了一个不良少年。不良少年不想被学校和社会上的规矩束缚，所以才去染发、烫飞机头、改造摩托车。但结果怎么样？不良们全都成了差不多的模样，把摩托车改成差不多的外形。他们明明厌恶学校和社会的规矩，却在小集团里形成了严格的规矩。你不觉得很无聊吗？为了消除这种无聊的循环，你不觉得应该让世界变得透明点吗？"

这话让人觉得很别扭，可一时也想不到该如何反驳。"这个地方究竟是在搞什么？"桃山先没反驳，而是提问，"我看大家都穿着跟 MLS 不沾边的衣服。"

"MLS 会员认为人应该纯粹地享受自己的喜好，而不被任何人所模仿。这里是会员们自由地展露真我来社交的场所。社会上的流行消亡之后，我们终于可以追求属于自己的原创性了。这样一来，就不会再被任何人所模仿。"

"简直荒唐透顶……"

爵士乐演奏结束了，乐队似乎正在准备下一曲。楼外警铃大作。向外眺望的几个人传来了欢呼声。柿谷慢悠悠地走到窗边，说了句："差不多该结束了。"栗山点头说："干得好。"

桃山明白了一切。这场集会是 MLS 公司的自导自演。

不论电视台还是摄影师，全都是一伙的。柿谷点火引线，诱发暴动，然后让媒体把情况报道出去。

请看这凄惨的光景，这都是被流行所蛊惑的人才会犯下的恶行——报道里一定会这么说。RTF 就是一场向世间昭示妄想夺回流行的人是多么愚蠢的集会。

"那你打算怎么做？"栗本抛了个问题过来，"想成为 MLS 会员的话，我倒是能给你引荐一下。"

桃山看了看窗外。全副武装的警官正撕扯着玩偶服，森女们正在遭警棍殴打。而窗户上又依稀映出了自己的模样——一身尺码过长的特攻服。

"霸砂罗团解散了。"桃山想起了领队的那句话。

也就是说，自己已经是人类中最后的不良少年了。

桃山握紧拳头，猛力揍向栗本的下颚。

（吴曦　译）

99读书人

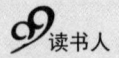

SHORT CLASSICS
短经典精选

短经典精选系列

走在蓝色的田野上
〔爱尔兰〕克莱尔·吉根 著 马爱农 译

爱,始于冬季
〔英〕西蒙·范·布伊 著 刘文韵 译

爱情半夜餐
〔法〕米歇尔·图尼埃 著 姚梦颖 译

隐秘的幸福
〔巴西〕克拉丽丝·李斯佩克朵 著 闵雪飞 译

雨后
〔爱尔兰〕威廉·特雷弗 著 管舒宁 译

闯入者
〔日〕安部公房 著 伏怡琳 译

星期天
〔法〕伊莱娜·内米洛夫斯基 著 黄荭 译

二十一个故事
〔英〕格雷厄姆·格林 著 李晨 张颖 译

我们飞
〔瑞士〕彼得·施塔姆 著 苏晓琴 译

时光匆匆老去
〔意〕安东尼奥·塔布齐 著 沈萼梅 译

不中用的狗
〔德〕海因里希·伯尔 著 刁承俊 译

俄罗斯套娃
〔阿根廷〕比奥伊·卡萨雷斯 著 魏然 译

避暑
〔智利〕何塞·多诺索 著 赵德明 译

四先生
〔葡〕贡萨洛·曼努埃尔·塔瓦雷斯 著 金文彭 译

房间里的阿尔及尔女人
〔阿尔及利亚〕阿西娅·吉巴尔 著 黄旭颖 译

拳头
〔意〕彼得罗·格罗西 著 陈英 译

烧船
〔日〕宫本辉 著 信誉 译

吃鸟的女孩
〔阿根廷〕萨曼塔·施维伯林 著 姚云青 译

幻之光
〔日〕宫本辉 著 林青华 译

家庭纽带
〔巴西〕克拉丽丝·李斯佩克朵 著 闵雪飞 译

绕颈之物
〔尼日利亚〕奇玛曼达·恩戈兹·阿迪契 著 文敏 译

迷宫
〔俄罗斯〕柳德米拉·彼得鲁舍夫斯卡娅 著 路雪莹 译

奇山飘香
〔美〕罗伯特·奥伦·巴特勒 著 胡向华 译

大象
〔波兰〕斯瓦沃米尔·姆罗热克 著 茅银辉 易丽君 译

诗人继续沉默
〔以色列〕亚伯拉罕·耶霍舒亚 著 张洪凌 汪晓涛 译

狂野之夜：关于爱伦·坡、狄金森、马克·吐温、詹姆斯和海明威最后时日的故事（修订本）
〔美〕乔伊斯·卡罗尔·欧茨 著 樊维娜 译

父亲的眼泪
〔美〕约翰·厄普代克 著 陈新宇 译

回忆，扑克牌
〔日〕向田邦子 著 姚东敏 译

摸彩
〔美〕雪莉·杰克逊 著 孙仲旭 译

山区光棍
〔爱尔兰〕威廉·特雷弗 著 马爱农 译

格来利斯的遗产
〔爱尔兰〕威廉·特雷弗 著 杨凌峰 译

终场故事集
〔爱尔兰〕威廉·特雷弗 著　杨凌峰 译

令人反感的幸福
〔阿根廷〕吉列尔莫·马丁内斯 著　施杰 译

炽焰燃烧
〔美〕罗恩·拉什 著　姚人杰 译

美好的事物无法久存
〔美〕罗恩·拉什 著　周嘉宁 译

魔桶
〔美〕伯纳德·马拉默德 著　吕俊 译

当我们不再理解世界
〔智利〕本哈明·拉巴图特 著　施杰 译

海米的公牛
〔美〕拉尔夫·艾里森 著　张军 译

对不起，我在找陌生人
〔英〕缪丽尔·斯帕克 著　李静 译

爱因斯坦的怪兽
〔英〕马丁·艾米斯 著　肖一之 译

基顿小姐和其他野兽
〔安道尔〕特蕾莎·科隆 著　陈超慧 译

在陌生的花园里
〔瑞士〕彼得·施塔姆 著　陈巍 译

初恋总是诀恋
〔摩洛哥〕塔哈尔·本·杰伦 著　马宁 译

美好事物的忧伤
〔英〕西蒙·范·布伊 著　郭浩辰 译

一切破碎，一切成灰
〔美〕威尔斯·陶尔 著　陶立夏 译

纵情生活
〔法〕西尔万·泰松 著　范晓菁 译

命若飘蓬
〔法〕西尔万·泰松 著　周佩琼 译

爱，趁我尚未遗忘
〔海地〕莱昂内尔·特鲁约 著 安宁 译

水最深的地方
〔爱尔兰〕克莱尔·吉根 著 路旦俊 译

石泉城
〔美〕理查德·福特 著 汤伟 译

哥哥回来了
〔韩〕金英夏 著 薛舟 译

他们自在别处
〔日〕小川洋子 著 伏怡琳 译

恋爱者的秘密生活
〔英〕西蒙·范·布伊 著 李露 卫炜 译

在奥德河的这一边
〔德〕尤迪特·海尔曼 著 任国强 戴英杰 译

当我们谈论安妮·弗兰克时我们谈论什么
〔美〕内森·英格兰德 著 李天奇 译

死水恶波
〔美〕蒂姆·高特罗 著 程应铸 译

一个自杀者的传说
〔美〕大卫·范恩 著 索马里 译

我的爱情，我的伞
〔爱尔兰〕约翰·麦加恩 著 〔爱尔兰〕科尔姆·托宾 编 张芸 译

蝴蝶的舌头
〔西班牙〕马努埃尔·里瓦斯 著 李静 译

未始之初
〔西班牙〕梅尔塞·罗多雷达 著 元柳 译

子弹头列车
〔加拿大〕邓敏灵 著 梅江海 译

聚会，1980
〔美〕朱诺·迪亚斯 著 周丽华 译

你就这样失去了她
〔美〕朱诺·迪亚斯 著 陆大鹏 译

再见,非洲
〔肯〕恩古吉·瓦·提安哥 著 郦青 译

魔术师
〔日〕小川哲 著 丁丁虫 吴曦 译

犒赏系统
〔英〕杰姆·卡德尔 著 陈新宇 译